中华根文化·中学生读本

忠者之言

《楚辞》选读

主编 黄荣华

编选 谭荣生

复旦大学出版社

人之需（代总序）

　　一直想给中学生朋友编一套中华传统文化方面的读本。

　　作为中学语文教师，我们有自己的理由——

　　中华古代文化浩如烟海，书市上古代文化方面的图书也不计其数，但专门面向现代中学生的普通读本却很难找到，更不要说那种切合中学生阅读心理，精心选材、精心作注、精心释义的系列丛书了。

　　而从一名中学语文教师的角度看，当今中国语文教育，最缺失的一块又恰恰是对中华传统文化的敬重、理解与传承。

　　众所周知，新中国成立60多年来的语文教育被当作两个大的工具在使用：一是作为政治工具，大致对应1949—1980年的30年间；二是作为应试工具，1980年以后的30余年皆如是。前者是自上而下的自觉行为，后者是"变态"行为——教育本来是指向学生的全面发展的，但因为"高考列车"越跑越快所产生的巨大无比的力量，语文也已完全沦落为应试的工具。

在这样的教育中，没有文化，或者说对文化的漠视，已成为语文教育的一个并不为多数人清醒地意识到的"传统"；丢弃传统文化，甚至鄙薄传统文化，也已成为语文教育的一个并不为多数人清醒地意识到的"传统"。

在这样的教育中，现代语文教育的本质意义——作为培育"民族文化之根"的意义，作为培育"效忠于"、"皈依于"中华民族的现代公民的意义，已基本丧失。

而中华民族现代前行的艰难身影又告诉我们：我们的教育，我们的语文教育，必须敬重、理解、传承中华传统文化。

中华传统文化作为中华文明的载体，其两大支柱是儒与道。而作为现世人生精神支柱的文化，又主要是儒家文化。儒家文化又以孔子为核心，孔子文化的核心是"仁"——"仁者""爱人"。何为"爱人"？孔子"一以贯之"的是"忠恕"二字——"己所不欲，勿施于人"，"己欲立而立人，己欲达而达人"。用现在的话说就是：自己不想要的不强加给别人，自己想要的也要让别人拥有。这样，人与人就会友爱，社会就会和谐，人类就会幸福。而支撑这一社会理想的核心思想是：人与人的平等性。

从近一个半世纪的中国近代历史进程看，由于受列强的侵略，我们民族怀疑甚至痛恨过我们的传统文化，认为那是我们落后挨打之源。所以，我们曾经把传统文化作为落水狗一般痛打。但从我们逐步摆脱"挨打"、"挨饿"之后"挨骂"的现实看，我们现在最缺失的就是传统文化中的"忠恕"二字。不"忠"就不"诚"，不"诚"就无"信"；不"恕"就不"容"，不"容"就无"爱"。当今社会的许多问题之源，正在于无"信"无"爱"。

要化解民族前行过程中出现的种种问题与矛盾，当然要从政治、经济、科学、军事、艺术、伦理、道德等各个方面去思考，但在教育过程中，在生活的各个方面，敬重、理解、传承我们传统文化的精髓，应当成为我们思考的重要内容。当我们通过教育，通过生活方方面面形成的教化体系，能将我们传统文化的精髓与现代民族意识融为一体，内化为崭新的民族精神，并使其上升为民族得以昂然立身的中华现代文明，那我们民族就真正完成了由古代到现代的转型，我们的国家就成为一个崭新的现代民族国家，我们的人民就会成为"具有中国心的现代文明人"（当代著名教育家于漪老师语）。

有了这样的愿望，就总希望能为实现这样的愿望尽微薄之力。所以我们带着对中华传统文化的敬意，乐意尽自己最大的力量为中学生朋友推介中华传统文化。

同时，作为语文教师，我们还感到，要真正理解语言，掌握语言，就必须理解文化，特别要理解传统文化。

语言学研究表明：语言的理解与运用，归根结底是与某个社会群体的认知方式、道德规范、文化传承、价值标准、风俗习惯、审美情趣等特定的文化因素相关联的；语言运用的得体，既要遵循语法规则，更要遵循文化规则。由于汉语的组织特点是"文便是道"，"以意役法"，即意义控制形式，"意在笔（言）先"，所以文化规则在汉语的组织运用中更有着突出的意义。又由于汉语是由汉字联属而成，而汉字是世界上最古老的文字之一，更是世界几千年间唯一没有中断其历史的文字；每个走过几千年的汉字都有深厚的文化沉淀，可谓一个汉字就是一个广博精深的文化单元，就是一个意趣醇厚的审美单元(鲁迅先生曾在《汉文学史纲要·自文字至文章》中指出,汉字有"三美":"意美以感心","音美以感耳","形美以感目"),故此,要让孩子们准确地把握经典文本表达的意义,恰当地表述自己的观点,得体而有效地与人交际,就要引导他们了解、掌握语言背后蕴含的丰富的文化信息。

现在只有无知者才不会承认,中华文明体是一个坚实、深刻、厚重、博大的文化体系。这个文化体系已将自己的精神文化贯彻到了人们可见、可知甚至可感的世界的每一个角落,渗透在人们气血经脉、意识与潜意识之中,正所谓"致广大而尽精微"(《中庸》)。在这个"致广大而尽精微"的文化体系中,天、地、人的分工、边界及其协调与平衡,都有着清晰、真切、表情生动的表达;在这个体系中,中华民族已建立起了自己独一无二的生活方式——在天与地之间,堂堂正正地做人,做一个大写的人。由此,中华民族也就有着有别于一切民族的独特的文化——天地之间的人文化,而不是天界中的神文化,不是地界中的鬼文化。尽管我们的文化中不可避免地要涉及神鬼,但总体而言是"敬鬼神而远之"。由此,我们也就会真正明白,为什么诸子百家中的任何一家最终都将自己的精神内核指向了人,为什么我们几千年的文化主体选择了"儒"——人之需!如果不了解、不理解这样的文化,就不能真正读懂我们的文化原典,就不能真正听懂古今经典之作的汉语述说,就很难得体地用好已走过了几千年的民族语言。

基于上述两大理由,我们编著了这套《中华根文化·中学生读本》。

"根文化"就是"文化之根"。它表明这套读本关注的是中华

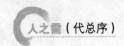

文化最根本的部分。这又有两层意思：一是读本的内容选择上，关注代表根文化的内容；二是在注解、翻译、释义上，关注所选内容最本原的意义，基本不做现代阐释。

作为"中学生读本"，我们尽可能适合中学生的文化心理。每个选本均按主题组织若干单元，并写单元导语；用浅近的白话注解、翻译、释义，力求简洁明了。

《中华根文化·中学生读本》第一辑15种，主要选取先秦时期的文本，包括《兴于诗——〈诗经〉选读》、《立于礼——"三礼"（〈周礼〉〈仪礼〉〈礼记〉）选读》、《成于乐——〈乐记〉〈声无哀乐论〉选读》、《仁者之言——〈论语〉选读》、《义者之言——〈孟子〉选读》、《君子之言——〈荀子〉选读》、《智者之言——〈老子〉选读》、《达者之言——〈庄子〉选读》、《爱者之言——〈墨子〉选读》、《法者之言——〈韩非子〉选读》、《忠者之言——〈楚辞〉选读》、《谋者之言——〈孙子〉选读》、《"春秋"大义——〈春秋〉三传选读》、《"诸侯"美政——〈国语〉选读》、《"战国"争雄——〈战国策〉选读》。

由于我们的浅陋，尽管做出了很大努力，但牵强、错误之处一定不少，期待方家指正。

黄荣华

2012年2月10日

前　言

　　"楚辞"有两种意思：一为文学形式；一为书名。首先，"楚辞"是战国时代以屈原为代表的楚国人创造的一种韵文形式。"书楚语、作楚声、纪楚地、名楚物"的"楚辞"以诞生地命名，独树一帜。其次，汉武帝时，刘向整理古籍，把屈原、宋玉等人的作品编辑成书，定名《楚辞》，从此，"楚辞"成为一部诗歌总集的名称。

　　楚辞是中原文化与楚文化相融合的产物。楚民族在殷商时代已接受了中原文化的影响，春秋战国时期，随着楚国的强大、兼并战争的日益加剧和列国间交往聘问之事的增多，它进一步吸收了中原文化，儒、法、墨等思想及经典都传入楚国并产生影响。屈原曾多次使齐，深受中原文化的影响。他诗中"举贤授能"、"修明法度"的思想和大量的比兴手法，就是直接继承和发扬了儒法思想与《诗经》的传统；但对《楚辞》产生最直接影响的还是楚文化。楚地民歌渊源甚古，相沿不断，其句子参差灵活，多用"兮"字来加强节奏、舒缓语气，有的还用了兴句和双关语，已开楚辞体格。楚国一直盛行着一种迷信色彩浓厚的巫风文化，老百姓有崇信鬼神的风俗，喜欢举行祭祀活动。祭祀时要奏乐、唱歌、跳舞以娱神。这种巫术风俗的熏陶，培养了人们丰富的想象力，滋润着美丽的歌辞和舞蹈，给楚辞提供了养料。其他如楚国的地理风物、方言声调等也给楚辞提供了直接营养。

屈原，战国时期的楚国诗人、政治家，"楚辞"的创立者和代表者，是我国第一位伟大的爱国主义诗人。自屈原开始，诗歌从集体歌唱转变为个人独立创作，这无疑开创了诗歌写作的新纪元。屈原是我国浪漫主义诗歌传统的奠基人，他的浪漫是骨血里的浪漫，浪漫里渗透着近乎极致的豪放、忠诚。这也是屈原成为"世界四大文化名人"（另有波兰的哥白尼、英国的莎士比亚、意大利的但丁）的原因之一。

忠诚是一种高贵的品质，但忠诚的人遇到一个到处都充斥着虚假与逢迎的时代是可悲的。屈原早年受楚怀王信任，常与怀王商议国事，参与法律的制定，主张彰明法度，举贤任能，改革政治，联齐抗秦。同时主持外交事务。主张楚国与齐国联合，共同抗衡秦国。在屈原努力下，楚国国力有所增强。但由于自身性格耿直加之他人谗言与排挤，屈原逐渐被楚怀王疏远。前305年，屈原反对楚怀王与秦国订立黄棘之盟，但是楚国最终还是彻底投入了秦国的怀抱，屈原也被楚怀王逐出郢都，流落到汉北。前278年，秦国大将白起挥兵南下，攻破了郢都，屈原在绝望和悲愤之下怀大石投汨罗江而死。可以说在一个"举世皆浊我独清，众人皆醉我独醒"的时代，忠诚是注定要付出代价的。屈原正是以忠贞精神捐躯于自己的政治理想。

　　屈原之精神，集中表现在两个层次：一个是他对君王忠心耿耿，对故土热爱留恋。这种精神如果浓缩为一个词，就是"忠诚"。在屈原之后的两千多年里，这种忠诚逐渐被放大定格为"爱国"精神。处于不同历史时期的不同民族和阶级，对爱国主义的理解和诠释会有许多不同之处。但有一点是相同的，那就是一个人对于生他养他的一方水土，有着一种天然的归属感和责任感。另一个层次，则是屈原追求完美的人格魅力。他坚守一种独立自主不移的价值观，珍惜自己心灵的纯净，绝不会因为生存的艰难而加以污染，也不会蝇营狗苟，唯唯诺诺。这种精神，实质上是对自己的忠诚，如果浓缩为一个词，就是"独立自主"。在此后的历史中，这种独立自主也被逐渐放大，被蒙上了一种理想主义的色彩，也成为对抗强权、反对压迫的一种精神。

　　事实上，忠诚与独立自主，这两种人格在某些方面是有冲突的。屈原本人也是在这种冲突中不断地迷茫、碰壁，最终到死也无法解决这层矛盾。但这种冲突又是必然的，每一个人的人格都有着两面性。有冲突才会产生张力，才会在冲突断裂的时候爆发出巨大的精神能量，从而影响后来人。

　　正是屈原忠诚爱国精神的感召，每当中国处于动乱时期，中国作家往往通过诠释屈原作品来寄托自己忠君爱国的怀抱。东汉的王逸与明末清初的王夫之，不仅分别拟作《九思》与《九昭》抒写忠君爱国之情，而且通过完成《楚辞章句》与《楚辞通释》等学术经典来寄托各自以屈原为榜样维护正义、忠于君国的信念。南宋文天祥更将屈原的爱国心化为自己的爱国行动，他化用屈原名句"鸟飞反故乡兮，狐死必首丘"意境，撰写诗句"臣心一片磁针石，不指南方不肯休"，表达自己忠诚为国、至死不渝的追求。1941年5月30日，老舍、郭沫若、闻一多、郁达夫等五十三位知名作家署名的《诗人节宣言》更是提出效法屈原，使诗歌成为民族的呼声："我们决定诗人节，是要效法屈原的精神，是要使诗歌成为民族的呼声……诅咒侵略，讴歌创造，赞扬真理。"1942年1月，郭沫若满怀抗日救国的激情，将历史上屈原爱国抗秦与现实中中国人民抗日斗争结合起来，创作了历史剧《屈原》，将两千年前的爱国诗人屈原复活到抗战时代的激流中，激励着一切有良知的中国人从历史剧中汲取力量，投身到抗日的洪流中。

　　本书试图从"忠诚"的角度，对《楚辞》的有关篇章作出自己的解读，以便中学生朋友准确地把握《楚辞》的核心文化知识和"忠诚"的价值理念。单元内容为四大板块：忠诚于自己的理想，忠诚于自己的职责，忠诚于自己的国家，忠诚于自己的文化。其中选文主要是屈原的作品，也有宋玉的《九辩》。版本依从上海古籍出版社《楚辞》（图文本，董楚平译注，2006年10月）。注释融合各家之说，以定论为主，以准确、浅近为原则。译文力求准确、生动。特此说明并致谢。

谭荣生

2012年2月

contents

第一单元　忠诚于自己的理想 / 1

　　　　　第一节　高洁的人格 / 3

　　　　　第二节　"美政"的理想 / 14

　　　　　第三节　抗争的人生 / 42

第二单元　忠诚于自己的职责 / 63

　　　　　第一节　强烈的责任感 / 65

　　　　　第二节　上下求索的精神 / 75

　　　　　第三节　知难而进的态度 / 84

第三单元　忠诚于自己的国家 / 101

　　　　　第一节　忠于国君 / 103

　　　　　第二节　热爱人民 / 131

　　　　　第三节　眷恋故土 / 137

第四单元 忠诚于自己的文化 / 159

第一节 巫文化的浪漫气息 / 161

第二节 楚地民歌的现实精神 / 177

第三节 可贵的创新意识 / 198

忠诚于自己的理想

　　最使屈原成为人民热爱与崇敬的对象的，是他对伟大理想的执著追求。他的理想包括政治、事业和人格三个方面。政治上，屈原一生孜孜以求的理想是"美政"，即圣君贤相的政治。为此，他主张举贤任能，立法富国，统一天下。事业上，屈原把全部精力投入到复兴祖国的伟大事业中去。无论在怎样困难的环境中，他总是把自己的事业、抱负和楚国命运连结在一起。他明知忠贞耿直会招致祸患，但却始终"忍而不能舍也"；他明知在"楚材晋用"的时代完全可以去别国寻求出路，但他却始终不肯离开楚国一步。屈原崇高的人格美，则主要表现在对政治理想的不懈追求，对邪恶势力不妥协的斗争，对真理的上下求索，对祖国至死不渝的热爱。

　　本单元选读的内容，试图解读以上三个方面及其相关的问题。

第一节　高洁的人格

【原文】

余既滋兰之九畹①兮，又树②蕙之百亩。畦留夷与揭车③兮，杂杜衡与芳芷④。冀枝叶之峻茂⑤兮，愿俟时乎吾将刈⑥。虽萎绝⑦其亦何伤兮，哀众芳之芜秽⑧。众皆竞进以贪婪⑨兮，凭不厌乎求索⑩。羌内恕⑪己以量人兮，各兴⑫心而嫉妒。忽驰骛以追逐⑬兮，非余心之所急。老冉冉⑭其将至兮，恐修名⑮之不立。朝饮木兰之坠露兮，夕餐秋菊之落英⑯。苟余情其信姱以练要⑰兮，长顑颔⑱亦何伤。擎木根以结茝⑲兮，贯薜荔之落蕊⑳，矫㉑菌桂以纫蕙兮，索胡绳之纚纚㉒。謇吾法夫前修㉓兮，非世俗之所服㉔。虽不周于今之人㉕兮，愿依彭咸之遗则㉖。

——《离骚》节选

3

注解

①滋：栽植。畹(wǎn)：古代称三十亩地为畹。　②树：栽种。　③畦(qí)：这里作动词用，意即一垄一垄地栽种。留夷：香草名。一说，即芍药。揭车：香草名。味辛，花白。④杂：掺杂栽种。杜衡：即杜若，一种多年生草本植物，文学作品中常用以比喻君子、贤人。芷(zhǐ)：亦称"辟芷"，简称"芷"。多年生草本植物，根粗大，茎叶有细毛，夏天开白色小花，果实椭圆形，根可入药。　⑤冀：希望。峻茂：高大而茂盛。⑥俟(sì)：等待。刈(yì)：收割，引申为收获的意思。⑦萎绝：枯萎零落。　⑧芜秽：田亩久不加耕耘，致使杂草蔓生。即"荒废"，荒凉芜秽。　⑨众：指众小人。竞进：争着求进，指争相追逐私利。贪婪：王逸说："爱财曰贪，爱食曰婪。"对财物、权势等充满非同寻常的强烈欲望。　⑩凭：满。厌：饱。索：求。　⑪恕：忖度，以自己的心推想别人的心。　⑫兴：热衷于。　⑬骛：乱跑，奔驰。追逐：指追逐私利。　⑭冉冉：渐进地。　⑮修名：美好的名声。⑯落：坠落。英：花。一说，落：始。落英，谓初开的花。⑰信：真实。姱(kuā)：美好。信姱：确实美好。练要：朱熹说："言所修精练，所守要约也。"即精诚专一的意思。　⑱顑(kàn)颔(hàn)：因饥饿而面黄肌瘦的样子。　⑲擥(qiān)：同"揽"，持、拿。木根：树木之根。结：编结束缚。茝(chǎi)：古书上说的一种香草。　⑳贯：贯串。薜(bì)荔(lì)：植物名。又称木莲，常绿藤本，蔓生，叶椭圆形，花极小，隐于花托内。果实富胶汁，可制凉粉，有解暑作用。蕊：花心。　㉑矫(jiǎo)：举起。　㉒索：编为绳索。胡绳：香草名，有茎叶，可做绳索。纚(lí)纚：相连接的样子，

形容绳索的美好。　㉓謇(jiǎn)：忠诚正直。一说，謇：发语词。
法：效法。前修：前代贤人。　㉔服：用。　㉕不周：不合。
今之人：指世俗之人。　㉖彭咸：王逸注："殷贤大夫，谏其君
不听，自投水而死。"遗则：遗下的法则，即榜样。

【今译】

　　种了九公顷的春兰之后啊，我又栽了百亩田的秋蕙。我一垄
一垄地种上各种香草，还掺杂栽种了杜衡与白芷。我希望它们枝
繁叶茂啊，以便到时候等待收获的喜悦。即使它们枯萎零落也没
有悲伤啊，我真正哀叹的是有很多花(群贤)荒凉芜秽乃至腐败变节。
众小人争相追逐私利，贪婪成性啊，装满了腰包还贪得无厌。这
些人用小人之心度量君子之腹啊，以为我屈原也像他们一样，贪
得无厌，心生嫉妒。匆忙地去奔走，不择手段地去追逐权势和财
富啊，而这并不是我急于追求的东西。时光渐进，衰老慢慢地就
要到来啊，我最怕的是自己美好的名声不能树立。早晨我吮饮木
兰花的清露啊，晚上又吃着秋菊的落瓣。只要我的情操确实美好
而精诚专一啊，即使长久的因饥饿而面黄肌瘦又何必悲叹。我拿
着木棍，手中编织着香草，又把木莲的花心联成一串。拿起菌桂来，
再编上蕙草啊，搓成长长的胡绳花索挂在木棍的上边。我忠诚正直，
效法那前代的贤人啊，不作世俗人的普通打扮。虽不合世俗之人

的心意啊，但我仍然坚持遵循彭咸遗留下的规范。

【释义】

诗人以披香戴芳、饮露餐英来比喻道德的自修和品德的高洁。"擥木根以结茝兮，贯薜荔之落蕊"。另外，诗中在论述人才的培育时，也以香草为喻："余既滋兰之九畹兮，又树蕙之百亩。"在论述先王之"美政"时，也以众芳为喻："昔三后之纯粹兮，固众芳之所在。杂申椒与菌桂兮，岂维纫夫蕙茝？"《离骚》诗中涉及的香花美草就有几十种，五彩缤纷，鲜丽夺目，简直就是一个百花齐放的香草世界。而这些物象显然又是与诗人的"内美"、"修能"、"高洁"、"昭质"、"清白"的道德本质相应的。"其志洁，故其称物芳"，它们是诗人内心世界的外化，是世上美好事物的具象化。

【原文】

乱曰①：已矣哉！国无人莫我知②兮，又何怀乎故都③。既莫足与为美政兮④，吾将从彭咸之所居⑤！

——《离骚》节选

注 解

①乱：终篇的结语，乐歌的卒章。 ②莫我知：即莫知我，没有人可以作我的知己、知音。 ③又何怀乎故都：又有什么值得留恋的呢？ ④既莫足与为美政兮：既然不足以共同推行美政理想。 ⑤吾将从彭咸之所居：我将去见前贤彭咸了。

【今译】

尾声：算了吧！楚国没有贤人，没人懂得我的心啊，我又何必多情地怀恋故都？既然不能和他们一起实行美政啊，我将追随彭咸前往他的住地。

【释义】

既然去楚不忍，留楚又不能，而屈原与那些党人之间的矛盾冲突又不可调和，君王又始终不悟，真是上天无路，入地无门。这就迫使诗人"将从彭咸之所居"，发誓投江以殉国。春秋时，早有"楚才晋用"之故事，战国时"忠臣去国，不污其节"，朝秦暮楚乃司空见惯。况且，像屈原这样旷世奇才，又处在信而见疑、忠而被谤、壮志难酬的逆境中，离开故土，远适异国以求出路，不仅是可能的，亦是可以理解的。但屈原决不这样做，足见其人格之崇高与忠贞，灵魂之美丽与伟大。

【原文】

余幼好此奇服①兮，年既老而不衰②。带长铗之陆离③
兮，冠切云而崔嵬④。被明月兮珮宝璐⑤。世溷浊而莫余知⑥兮，
吾方高驰而不顾⑦。驾青虬兮骖白螭⑧，吾与重华游兮瑶之圃⑨。
登昆仑兮食玉英⑩，与天地兮同寿，与日月兮齐光。哀南夷⑪之莫
吾知兮，且余济乎江湘⑫

——《涉江》节选

注 解

①奇服：奇特的服饰，是用来象征自己与众不同的志向品行的。
②衰：懈怠，衰减。　③铗(jiá)：剑柄，这里代指剑。长铗即长剑。
陆离：长。　④切云：当时一种高帽子之名。崔(cuī)嵬(wéi)：
高耸。　⑤被：同"披"，戴着。明月：夜光珠。璐：美玉名。
⑥莫余知：即"莫知余"，没有人理解我。　⑦方：将要。高
驰：远走高飞。顾：回头看。　⑧虬：无角的龙。骖：四马驾
车，两边的马称为骖，这里指用螭来做骖马。螭(chī)：一种龙。
⑨重(chóng)华：帝舜的名字。瑶：美玉。圃：花园。"瑶之圃"
指神话传说中天帝所居的盛产美玉的花园。　⑩英：花朵。玉
英：玉树之花。　⑪夷：当时对周边落后民族的称呼，带有
蔑视侮辱的意思。南夷：指屈原流放的楚国南部的土著。
⑫旦：清晨。济：渡过。湘：湘江。

【今译】

　　我从小就对奇装异服特别喜好，到如今年岁已老，兴趣却毫不减少。我腰挎长长的宝剑，头戴高高的帽冠。佩带着明亮的夜光珠和珍贵的美玉。这是个混浊污秽的世界，没人能理解我的清高，我要远远地离开，追求自己的理想，躲避这个世界的喧闹、浮躁。让有角的青龙驾辕，配上无角的白龙拉套，我将和大舜同游布满美玉的园囿。登上巍巍的昆仑，品尝玉花的佳肴，我要与天地比寿，我将如日月星辰一样将万物照耀。可叹楚国这些顽固不化的俗人，对这些却全不知道。就在明日的清早，唉！我就要渡过湘江。

【释义】

　　本段屈原述说自己高尚理想和现实的矛盾，阐明涉江远走的基本原因。诗歌一开始，诗人便采用了象征手法，用好奇服、带长铗、冠切云、被明月、佩宝璐来表现自己的志行，以驾青虬骖白螭、游瑶圃、食玉英来象征自己高远的志向。他坚持改革，希望楚国强盛的想法始终没有减弱，决不因为遭受打击，遇到流放而灰心。但他心中感到莫名的孤独。"世溷浊而莫余知兮"、"哀南夷之莫吾知兮"，自己的高行洁志却不为世人所理解，这真使人太伤感了。

【原文】

后皇嘉树①，橘徕服②兮。受命不迁，生南国兮。深固难徙，更壹志兮。绿叶素荣，纷其可喜兮。曾枝剡棘③，圆果抟④兮。青黄杂糅⑤，文章烂⑥兮。精色内白⑦，类任⑧道兮。纷缊宜修⑨，姱⑩而不丑兮。嗟尔幼志，有以异兮。独立不迁，岂不可喜兮。深固难徙，廓⑪其无求兮。苏世⑫独立，横而不流⑬兮。闭心自慎，终不失过兮。秉⑭德无私，参⑮天地兮。愿岁并谢⑯，与长友⑰兮。淑离不淫⑱，梗其有理⑲兮。年岁虽少，可师长兮。行比伯夷⑳，置以为像㉑兮。

——《橘颂》节选

注解

①后皇：皇天后土。嘉：美。　②徕(lái)：同"来"。服：服习南国水土。　③曾(céng)：同"层"。曾枝，层层枝叶。剡(yǎn)棘：尖刺。橘枝有刺。　④圆果：指橘子。抟(tuán)：同"团"，指橘子长得圆美。　⑤青黄杂糅：橘子皮色有青有黄，相互错杂。　⑥文章：文采，此指橘子色彩。烂：灿烂。　⑦精色：橘子外表颜色鲜明。内白：橘子内瓤洁白。　⑧任：担当重任。⑨纷缊(yùn)：同"氛氲"，香气很盛的样子。宜修：美好。⑩姱(kuā)：美好。　⑪廓：空廓，此指胸怀开阔。　⑫苏世：在世上保持清醒。⑬横：横立世上，喻自我约束。不流：不随从流俗。　⑭秉：执，持。　⑮参：合。参天地，上合天地无私之德。　⑯岁：岁暮。并谢：百花一齐凋谢。　⑰与

长友：长与橘为朋友。橘树四季常青，不因岁寒而凋。　　⑱淑：美，善。离：同"丽"，附丽。淫：放荡。　　⑲梗：直。理：纹理。此以橘之干直而有纹理，喻人之坚守直道、符合正理。　　⑳比：比美。伯夷：商末孤竹君之子，周灭商，伯夷与弟叔齐义不食周粟，饿死于首阳山中。是后世称颂的有节之士。　　㉑置：植，立。像：榜样。

【今译】

　　你天地孕育的美丽橘树哟，生来就适应这方水土。接受了崇高的使命再不迁徙啊，你永远生长在我南国的土地。你扎根深固难以迁移，立志专一，永不变节。叶儿碧绿，花儿素洁，神态安详，夺目可爱。层层树叶间虽长有刺儿，果实却结得如此圆美。青的黄的错杂相映，色彩鲜艳，简直美不胜收。你外色精纯内瓤洁白，美好的品质好比堪托大任的君子。你气韵芬芳，风度翩翩，显示着清新脱俗的纯美。我赞叹你这南国的橘树哟，幼年立志就与众迥异。你独立于世，不肯改变志节，这难道不令人欣喜。你扎根深固难以迁移，开阔的胸怀无欲无求。你疏远浊世超然自立，你头脑清醒，绝世独立，坚守自我，标新立异。你坚守着本心谨慎自重，何曾有什么罪责或过失。你坚持着那无私的品行哟，恰可与天地比拼。我愿在百花俱谢的岁寒，与你长作坚贞的友人。你秉性善良从不放纵，坚挺的枝干显示你的清白、刚正。即使你现在年岁还轻，却已可做我钦敬的师长。你的品行堪比伯夷，将永远是我立身处世的榜样。

【释义】

诗人通过赞颂橘树灿烂夺目的外表、坚定不移的美质和纯洁无私的高尚品德，表达了自己扎根故土、忠贞不渝的爱国情感和特立独行、怀德自守的人生理想。作为中国诗歌史上第一首咏物诗，作者托物言志，巧妙抓住橘树的生态和习性，运用类比联想，将它与人的精神、品格联系起来，给予热烈的赞美。以物写人，橘的崇高精神全部流转、汇聚，成了身处逆境、不改操守的伟大志士精神之象征，也和遭馋被废、不改操守的作者叠印在一起。这种借咏物来寄志的写法，开创了我国咏物诗的先河，给后代以积极影响。从此以后，南国之橘便蕴含了志士仁人"独立不迁"、热爱祖国的丰富的文化内涵，永远为人们歌咏和效法。这一独特的贡献，无疑仅属于屈原，所以宋刘辰翁又称屈原为千古"咏物之祖"。

【原文】

朕①幼清以廉洁兮，身服义而未沫②。主③此盛德兮，牵于俗而芜秽④。上⑤无所考此盛德兮，长离殃⑥而愁苦。

——《招魂》节选

注解

①朕：我，屈原自指。　②沬：同"末"，终止。　③主：持有。
④芜秽：枯萎腐烂。　⑤上：指楚王。　⑥离：同"罹"，遭遇。殃：祸患。

【今译】

　　我年幼时就用清廉的德行来要求自己，献身于道义并且坚持不懈。具有如此盛大的美德，却受到世俗小人的攻击而横加罪名。君王不考察我这盛大的美德，让我长期受怨而让我愁苦连连。

【释义】

　　这是屈原自叙。屈原从来是以清廉、服义自许的。坚持清廉高洁的人格，与那些不修德行、折节从俗，而导致人格有亏、行止秽恶者相比，这六句就是屈原在利欲横流的俗世，始终保持自身美德的写照！

第二节 "美政"的理想

【原文】

　　跪敷衽①以陈辞兮，耿吾既得此中正②。驷玉虬以乘鹥③兮，溘埃风余上征④。朝发轫于苍梧⑤兮，夕余至乎县圃⑥。欲少留此灵琐⑦兮，日忽忽其将暮⑧。吾令羲和弭节⑨兮，望崦嵫而勿迫⑩。路曼曼⑪其修远兮，吾将上下⑫而求索。饮余马于咸池⑬兮，总余辔乎扶桑⑭。折若木以拂日⑮兮，聊逍遥以相羊⑯。前望舒使先驱⑰兮，后飞廉使奔属⑱。鸾凰为余先戒⑲兮，雷师告余以未具⑳。吾令凤鸟飞腾兮，继之以日夜㉑。飘风屯其相离㉒兮，帅云霓而来御㉓。纷总总其离合㉔兮，斑陆离其上下㉕。吾令帝阍开关㉖兮，倚阊阖㉗而望予。时暧暧其将罢㉘兮，结幽兰而延伫㉙。世溷浊㉚而不分兮，好蔽㉛美而嫉妒。

注解

①敷(fū)衽(rèn)：敷，铺开。衽，衣的前襟。　②耿：光明的，透彻的。中正：中正之道。　③驷：用四匹马驾车。虬(qiú)：无角的龙。鹥(yī)：凤凰。　④溘(kè)：迅速。埃风：扬起尘埃的大风。征：行。　⑤发轫(rèn)：动身、启程。苍梧：即九

路曼曼其修远兮，吾将上下而求索。

嶷山，相传是舜逝世的地方。　　⑥悬圃：悬犹悬。悬圃，相传昆仑山有三级，悬圃是中级，是神人所居的地方。⑦琐：门扇上所刻的花纹，这里借指门。灵琐：神人所居的宫门。　　⑧其：而。薄：落。　　⑨羲和：神话人物，相传是给太阳驾车的。弭(mǐ)：停止。节：车行的节度。弭节即停车不进。⑩崦(yān)嵫(zī)：神话中的山名，相传为日落之处。迫：靠近，迫近。⑪曼曼：同"漫漫"，漫长。　　⑫上下：天地。　　⑬咸池：神话中的地名，太阳洗浴的地方。　　⑭总：系结。辔(pèi)：缰绳。扶桑：神话中的树，太阳从它上面升起。　　⑮若木：神话中的树名。拂日：遮住太阳，使得它不得前进。　　⑯聊：姑且。相羊：同"徜徉"，徘徊，逗留。　　⑰望舒：月神。先驱：在前面开路。⑱飞廉：风神。奔属：在后面追随。　　⑲鸾(luán)、皇：都是凤凰一类的鸟。先戒：先行警卫。　　⑳雷师：雷神丰隆。未具：行装还没有准备妥当。　　㉑继之以日夜：夜以继日。　　㉒飘风：忽然吹来的旋风。屯：结聚。离：依附。　　㉓帅：同"率"，率领。霓：虹霓。御：同"迓(yà)"，迎接。　　㉔纷：盛多。总总：丛聚集的样子。离合：指云霓被风吹得忽离忽合。　　㉕斑：五光十色的样子。陆离：参差错综的样子。上下：指云霓忽高忽低。㉖阍(hūn)：即守门人。帝阍：为天帝守门的人。关：门闩。开关：即开门。　　㉗阊(chāng)阖(hé)：天门。　　㉘时：时间，时光。暧(ài)暧：昏暗不明，这里指天色渐晚。罢：休止。㉙延伫：逗留。㉚溷(hùn)：混乱。浊：污秽。　　㉛蔽：阻碍，隐藏。

【原文】

朝吾将济于白水³²兮,登阆风而绁³³马。忽反顾以流涕兮,哀高丘之无女³⁴。溘吾游此春宫³⁵兮,折琼枝³⁶以继佩。继荣华之未落³⁷兮,相下女之可诒³⁸。吾令丰隆³⁹乘云兮,求宓妃⁴⁰之所在。解佩纕以结言⁴¹兮,吾令蹇修以为理⁴²。纷总总⁴³其离合兮,忽纬繣其难迁⁴⁴。夕归次于穷石⁴⁵兮,朝濯发乎洧盘⁴⁶。保厥⁴⁷美以骄傲兮,日康娱以淫游⁴⁸。虽信美而无礼兮,来⁴⁹违弃而改求。览相观于四极⁵⁰兮,周流⁵¹乎天余乃下。望瑶台之偃蹇⁵²兮,见有娀之佚女⁵³。吾令鸩⁵⁴鸟为媒兮,鸩告余以不好。雄鸠之鸣逝⁵⁵兮,余犹恶其佻巧⁵⁶。心犹豫而狐疑⁵⁷兮,余自适⁵⁸而不可。

注解

㉜白水:神话中的河流,相传源出昆仑山,饮其水可以不死。㉝阆(láng)风:神话中的山名,在昆仑山上。绁(xiè):系,拴。㉞高丘:楚山名,有人认为在巫山附近。女:指神女。 ㉟溘(kè):匆忙,迅速。春宫:东方青帝所居之处。 ㊱琼:美玉。琼枝:玉树。 ㊲荣华:花朵,草本植物的花称为"荣",木本植物的花称为"华"。落:凋谢。㊳下女:下界的女子。诒(yí):同"贻",赠与。 ㊴丰隆:云神。 ㊵宓(fú)妃:相传是伏羲的女儿,溺死于洛水,成为洛水女神。 ㊶佩纕(xiāng):佩带。结言:定结盟誓。 ㊷以为:作为。理:媒人。 ㊸纷总总

(与其仪从)忽离忽散。　44纬繣(huà)：乖戾。迁：迁就。　45次：止宿，住宿。穷石：山名，相传是弱水的发源地。　46濯(zhuó)：洗。洧(wěi)盘(pán)：神话中的水名，传说发源于崦嵫山。　47保：依恃。厥：指宓妃。　48淫游：恣意游乐。　49来：乃。50览、相、观：都是"看"的意思。四极：四方极远之处。51周流：回环。　52瑶台：用美玉砌的台。偃(yǎn)蹇(jiǎn)：高耸。　53有娀(sōng)：古代部落名。佚：美。有娀之佚女：即商代始祖弃的母亲简狄。　54鸩(zhèn)：传说中的一种毒鸟。把它的羽毛放在酒里，可以毒杀人。　55鸠：斑鸠。逝：往。56佻巧：口吻轻薄，巧而不实。　57狐疑：怀疑。　58适：去。

【原文】

凤凰既受诒⁵⁹兮，恐高辛之先我⁶⁰。欲远集⁶¹而无所止兮，聊浮游以逍遥⁶²。及少康之未家⁶³兮，留有虞之二姚⁶⁴。理弱而媒拙⁶⁵兮，恐导言之不固⁶⁶。世溷浊⁶⁷而嫉贤兮，好蔽美而称⁶⁸恶。闺中既已邃远⁶⁹兮，哲王又不悟⁷⁰。怀朕情而不发⁷¹兮，余焉能忍与此终古⁷²！

——《离骚》节选

注解

⑤诒：委托。　　⑥高辛：古代帝王，相传他娶简狄为次妃。先我：在我之前。　　⑥集：栖止。　　⑥浮游：飘荡。逍遥：徘徊。　　⑥少康：夏代的中兴君主。家：成家。　　⑥有虞：夏代的一个部落，姓姚。二姚：有虞国君主的两个女儿，都嫁给了少康。　　⑥理、媒：媒人，引荐者。弱、拙：软弱，笨拙。⑥导言：媒人撮合的言语。固：成。　　⑥溷(hùn)浊：混浊。⑥称：赞美。蔽美称恶：即颠倒是非。　　⑥闺中：女子所居之处，这里代指女子。邈远：深远，比喻不可求。　　⑦哲王：贤智的君王。寤：觉醒。　　⑦发：抒发，表达。　　⑦终古：永久。

【今译】

铺开衣襟跪着来诉说这些话啊，我感到豁然开朗已找到正路。驾驭着玉龙乘上凤车啊，立刻乘风奔向天上的征途。清晨从九嶷山启程啊，黄昏便到了昆仑山上的悬圃。本想在仙门之前稍稍歇息啊，太阳匆匆下落时已近日暮。我命日神驭者停车不前啊，望着崦嵫山不要靠近太阳的归宿处(好让太阳不要很快落山)。前方的路途漫漫，真是多遥远啊，我仍然要上天入地的去寻求自己的理想之路。早上我饮马在那咸池边啊，又把马系在太阳升起的扶桑。时已黄昏，我折一枝若木来阻拦太阳下落啊，且让我徘徊流连不慌不忙。前边让月神驭者为我开路啊，后边让风神追随飞翔。

鸾鸟凤凰为我先行警卫啊，雷公却告诉我还没有备好行装。我令凤车升腾飞驰啊，夜以继日不停奔忙。忽然吹来的旋风聚集向我靠拢啊，率领着云霞来保驾护航。缤纷的云霓被风吹得忽离忽合啊，色彩斑斓上下飞扬。我叫天帝的守门人为我开门啊，他却冷眼相看斜靠在门旁。暮色暗淡时光将尽啊，我不停地编结着幽兰来回彷徨。世道混浊忠奸不分啊，心生嫉妒总把好人阻挡。清晨我渡过白水啊，登上了阆风拴马停留。忽然回首不禁涕泪交流啊，哀叹那高山上无美女可求。匆匆地又来到东方的仙宫啊，摘下了玉树枝把佩饰添修。趁着玉树之花尚未凋落啊，寻一个下界美女把礼品来投。我命令丰隆驾起彩云啊，寻找那宓妃在何处居留。解下玉佩想和她订下媒约啊，我命蹇修为媒去通报情由。她态度变幻无常，对我若即若离啊，忽然又闹别扭再也不对我迁就。她晚上住在穷石啊，清晨在洧盘边洗发梳头。宓妃仗着她那美貌骄傲自大啊，整天玩乐沉湎于嬉游。她虽然确实美丽但却如此无礼，我就只好自我放弃另作他求。我上下奔波，考察了广阔的四方啊，走遍了天堂我又踏遍了人间。远望那玉台高高耸立啊，看见了有娀氏的美女简狄分外妖娆。我令鸩鸟为我做媒啊，它竟告诉我说她不好。雄鸠叫唤着飞去说合啊，我又嫌它轻佻不可靠。心中犹豫满腹怀疑啊，想自己前去又觉不妥。凤凰已受了聘礼为帝喾做媒啊，恐怕高辛氏在我之前已把简狄娶掉。向往远方又无处可去啊，且让我飘流四方逍遥游荡。趁着少康还没有成家啊，还留着有虞氏的两个姓姚的女儿。理由不足媒人又笨拙啊，恐怕说合不好白忙一场。世道混浊而嫉妒贤能啊，总喜欢掩盖人的优点而把所谓的恶行张扬。美人的闺房既深远难通啊，贤明的君王又不能醒悟而心明眼亮。满怀衷情无处抒发啊，我怎能终身这样忍受下去。

【释义】

这是诗人对"美政"理想的坚持。经过了现实中的斗争与失败、想象中的追求与幻灭，诗人发出这样的慨叹：举国无人了解我，我何必迷恋故乡！既然不能共行美政，我就去追随前代贤人彭咸，相依为伴。本段是全文唯一一处直抒胸臆的地方。没有丰富的象征、没有浪漫的想象，有的仅仅是一个极其爱国却深陷挫败之中的负伤斗士的哀叹。屈原追求的是美政理想，但没有人理解、认同和支持他。让屈原上下求索的不单单是明君，还有贤臣，在屈原眼里只有开明的君主和贤良的忠臣才会接纳他的谏言，理解他的思想。其实，这时年近半百的屈原，要的也许不再是政治上实际的作为，求的只是精神上的一份理解、一个知音。正是这种对精神上认同感的强烈渴求，才使得他以一种超乎寻常的浪漫想象，幻想上天入地，寻求能了解他的"知己"，不管这位"知己"是君是臣。屈原的可贵之处是能够在失望中坚持追求光明，在痛苦中不断寻求希望。这种失望与希望的情感冲突、失败与追求轮番交替，最为本质地凸显出诗人的精神追求的艰难，上叩帝阍与三次求女的失败，象征着诗人于楚国寻求实现理想、确证自身的精神追求的失败，而屈原执著不迁的个性和他对楚国难以割舍的情感又势必使诗人继续追求下去。坚持的力量，让忠诚的品质更加闪光！

【原文】

　　天命反侧①，何罚何佑？齐桓九会②，卒然身弑。彼王纣之躬③，孰使乱惑？何恶辅弼，谗谄是服④？比干何逆⑤，而抑沉之⑥？雷开何顺⑦，而赐封之？何圣人之一德⑧，卒其异方⑨？梅伯受醢⑩，箕子详狂⑪？稷维元子⑫，帝何竺之⑬？投之于冰上，鸟何燠之⑭？何冯弓挟矢⑮，殊能将之⑯？既惊帝切激，何逢长之？伯昌号衰⑰，秉鞭作牧⑱。何令彻彼岐社⑲，命有殷国⑳？迁藏就岐㉑，何能依？殷有惑妇㉒，何所讥㉓？受赐兹醢㉔，西伯上告。何亲就上帝罚，殷之命以不救？师望在肆㉕，昌何识？鼓刀扬声，后何喜㉖？武发杀殷㉗，何所悒？载尸集战㉘，何所急？伯林雉经㉙，维其何故？何感天抑墜㉚，夫谁畏惧？

——《天问》节选

注解

①反侧：反复无常。　　②齐桓：齐桓公，春秋五霸之一，曾九合诸侯，晚年"任竖刁、易牙，诸子相攻，死不得敛，虫流出尸，与见杀无异"（朱熹《楚辞集注》）。　　③王纣：商纣王，商的末代君主。　　④谗谄：谗佞小人。服：用。　　⑤比干：纣王之叔父。屡谏，纣怒，剖其心。　　⑥抑沉：遭贬抑不受重用。⑦雷开：殷纣王时奸臣。何顺：阿谀媚顺。　　⑧圣人：指下文之梅伯、箕子。　　⑨卒：终。其：乃。方：方法。⑩梅伯：纣之诸侯，因直言敢谏被纣所杀。醢（hǎi）：剁成肉酱。⑪箕（jī）子：纣的臣子。详狂：佯狂，装疯。详，同"佯"。　　⑫稷：后稷，名弃，帝喾（kù）长子，周的始祖。元子：嫡妻生的大儿子。⑬竺（zhú）：同"毒"。　　⑭燠（yù）：温暖。　　⑮冯（píng）：持。⑯殊能：特殊的才能，指后稷的农业才能。将：持。　　⑰伯昌：即周文王，为西伯，名昌。号衰：号令于衰世。　　⑱秉：执。牧：一州之长。　　⑲彻：治。岐：地名，即今陕西岐山县，周人建国于此。社：祭土地神的庙。　　⑳命有：承受天命而享有。㉑迁：迁徙。藏：宝藏。就岐：来到岐地。　　㉒惑妇：指妲（dá）己。　　㉓讯：谏。　　㉔受：纣之名。兹：同"子"。兹醢，指纣烹文王子伯邑考并赐肉文王。　　㉕师望：齐太公吕望，曾为太师，故称。肆，店铺。　　㉖后：君，当指周文王。㉗武发：周武王姬发。　　㉘载尸：载文王木主。集战：会战。㉙伯：焚烧。指纣自焚于火中。雉经：上吊。　　㉚感天抑坠（dì）：指周武王载尸集战，感天动地。

【今译】

天命从来反复无常，什么人受到惩罚，什么人得到保佑？齐桓公九合诸侯，最终却受困身死没有好下场。那个商纣王，是谁使他狂暴昏乱？他为何厌恶忠良辅佐，喜欢听信小人谗言？比干有何悖逆之处，为何对他贬抑打击？雷开惯于阿谀奉承，为何给他赏赐封地？为何圣人品德相同，处世方法却最终相异？梅伯受刑剁成肉酱，箕子装疯消极避世。后稷原是嫡出长子，帝喾为何毒害翻脸，将他扔在寒冰之上？鸟儿为何覆翼给他送暖？后稷为何长大仗弓持箭，善治农业怀有奇能？既已惊动天帝注意，为何后代繁荣昌盛？西伯姬昌号令衰世，执鞭来作雍州牧伯。为何让武王治理天下，建立周的奖赏，承受天命享有殷国？武王带着宝藏迁居岐山，如何能使百姓真心依从？商纣王已受妲己迷惑，劝谏之言又有何用？纣王把文王儿子的肉酱赐给他，这时的西伯姬昌只能向天诉求。为何纣王亲受天罚，殷商命运仍难挽救？太公吕望人在肉店，姬昌为何就能认识？听到挥刀振动发声，文王为何那么欢喜？武王姬发诛纣灭商，为何抑郁不能久忍？抬着文王木主会战，为何充满焦急之情？纣王烧柴上吊自焚，这样去死究竟何故？为何武王惊天动地，假托神灵却怀畏惧？

【释义】

这一段，涉及商周以后的历史故事和人物，诸如舜、桀、汤、纣、比干、梅伯、文王、武王、师望、昭王、穆王、幽王、褒姒直到齐桓公、吴王阖庐、令尹子文……屈原提出的系列问题，充分表现了作者对历史政治的正邪、善恶、成败、兴亡的看法。这些叙述可以看成是这位"博闻强志"的大诗人对历史的总结，比《离骚》更进一步、更直截了当地对楚国的政治现实进行抨击，用一种变换了的表现手法来阐明自己的政治主张：希望君主能举贤任能，接受历史教训，重新治理好国家。字里行间，一腔热血。

【原文】

惜往日之曾信①兮，受命诏以昭时②。奉先功③以照下兮，明法度之嫌疑④。国富强而法立兮，属贞臣而日娭⑤。秘密⑥事之载心兮，虽过失犹弗治。心纯庬⑦而不泄兮，遭谗人而嫉之。君含怒以待臣兮，不清澂⑧其然否。蔽晦君之聪明兮，虚惑⑨误又以欺。弗参验⑩以考实兮，远迁臣而弗思。信谗谀之溷浊兮，盛气志而过⑪之。何贞臣之无罪兮，被离谤而见尤⑫？惭光景之诚信⑬兮，身幽隐而备⑭之。临沅湘之玄渊⑮兮，遂自忍而沉流。卒没身而绝名兮，惜壅君⑯之不昭。君无度而弗察兮，使芳草为薮幽⑰。焉舒情而抽信⑱兮，恬死亡而不聊⑲。独鄣壅⑳而蔽隐兮，使贞臣为无由㉑。闻百里㉒之为虏兮，伊尹㉓烹于庖厨。吕望㉔屠于朝歌兮，宁戚㉕歌而饭牛。不逢汤武与桓缪㉖兮，世孰云而知之？吴信谗而弗味㉗兮，子胥㉘死而后忧。介子㉙忠而立枯兮，文君寤㉚而追求。封介山而为之禁㉛兮，报大德之优游㉜。思久故之亲身兮，因缟素㉝而哭之。

注解

①曾信：曾经信任。　②命诏：诏令。昭时：使时世清明。③先功：祖业。　④嫌疑：指对法令有怀疑的地方。　⑤贞臣：忠贞之臣，屈原自指。娱(xī)：游戏。玩乐。⑥秘密：努力。⑦纯(dūn)庞(máng)：淳厚。　⑧清澂(chéng)：澂同澄。指弄清事实真相。⑨虚惑：把无说成有叫虚，把假说成真叫惑。⑩参验：参较验证。⑪盛气志：大怒。过：督责。　⑫离谤：遭毁谤。尤：责备。　⑬惭：悲忧。光景：即光明。诚信：真实。⑭备：具备。　⑮玄渊：深渊。　⑯壅君：被蒙蔽的国君。⑰薮(sǒu)幽：大泽的深幽处。　⑱抽信：陈述一片忠诚。⑲恬：安。不聊：不苟生。　⑳鄣(zhāng)壅(yōng)：与"蔽隐"同义。鄣壅而蔽隐，指重重障碍。　㉑无由：无路自达。㉒百里：百里奚，春秋时虞国大夫。　㉓伊尹：商汤的相，辅助汤攻灭夏桀。　㉔吕望：本姓姜，即姜尚，他的先代封邑在吕，所以又姓吕。辅佐周武王灭了商。　㉕宁戚：春秋时卫国人，他在喂牛时唱歌，齐桓公认出他是个贤人，用他做辅佐。㉖汤：商汤，武：周武王，桓：齐桓公，缪(mù)：同"穆"，秦穆公。　㉗吴：指吴王夫差。信谗：指听信太宰伯嚭的谗言。弗味：不能玩味辨别。　㉘子胥：伍子胥，吴国的大将。　㉙介子：介子推，春秋时晋文公的臣子。㉚文君：晋文公。寤：觉悟。㉛禁：封山。　㉜大德：指介子推在跟从晋文公流亡的途中，缺乏粮食，他割了自己的股肉给文公吃。优游：形容大德宽广的样子。　㉝缟素：白色的丧服。

【原文】

或忠信而死节兮，或訑^㉞谩而不疑。弗省察而按实兮，听谗人之虚辞。芳与泽^㉟其杂糅兮，孰申旦^㊱而别之？何芳草之早殀^㊲兮，微霜降而下戒。谅聪不明而蔽壅兮，使谗谀而日得。自前世之嫉贤兮，谓蕙若^㊳其不可佩。妒佳冶^㊴之芬芳兮，嫫母^㊵姣而自好。虽有西施^㊶之美容兮，谗妒入以自代。愿陈情以白行^㊷兮，得罪过之不意。情冤见^㊸之日明兮，如列宿之错置^㊹。乘骐骥而驰骋兮，无辔衔而自载。乘泛泭^㊺以下流兮，无舟楫而自备；背法度而心治兮，辟与此其无异。宁溘死而流亡^㊻兮，恐祸殃之有再。不毕辞而赴渊兮，惜壅君之不识。

——《惜往日》

注解

㉞訑(dàn)谩：欺诈。訑，同"诞"。　㉟泽：臭。　㊱申旦：自夜达旦。　㊲殀：同"夭"，死亡。　㊳蕙若：蕙草和杜若，都是香草。　㊴佳冶：美丽。　㊵嫫(mó)母：传说是黄帝的妃子，貌极丑。自好：自以为美好。　㊶西施：春秋时越国著名的美女。　㊷白行：表白行为。　㊸见：现。　㊹错置：安排、陈列。错，同"措"。　㊺泭(fú)：同"桴"，即筏子。　㊻溘(kè)死：忽然死去。流亡：流而亡去，指投水而死。

【今译】

追念着往年曾被先君信任，受到诏命去整顿时政使时世清明。守着先人的功绩光照百姓，阐明法度来消除是非疑问之心。那时的国家富强法度确立，君王委事于忠臣自己天天游息。对于国事我是全心全意，虽有过失但不至于不能治理。纵然我心地淳厚而不泄露机要，却仍遭到奸人的嫉妒诋毁。君主满含愤怒地对待下臣，不去澄清辨别其中的是非。蒙蔽阻塞了君王的聪明啊，空话、假话使他迷惑被欺骗。不去核对真相以求查出实情，反而远贬忠臣而不考虑周全。听信谗言谤词这些污浊东西，一下子失去理智就将人责备。为何忠贞无罪的臣子，遭受诽谤而且受到斥贬？我悲忧自己像日月光芒那样的忠诚，只在身处被贬的境遇时才得到彰显。我走近沅水、湘水的深渊，最终怎么能忍心自己沉沦。那样的结果只能是身死而名灭，可惜君王被蒙蔽心地不明。君王没有准则难察下情，使我这样的忠臣被弃在幽深的大泽之中。怎样抒发自己的衷情展示诚信？将坦然面对死亡而不苟且偷生。只因为那重重的障碍阻隔，忠臣们个个无所适从。我听说百里奚做过俘虏，伊尹也曾在厨房中烹煮。吕望当年在朝歌屠宰牲口，宁戚也很落魄，唱着歌喂牛草刍。如果这些人没遇到商汤、周武、齐桓、秦穆，恐怕世间没有人知道他们的好处！吴王听信谗言不能清楚判别忠奸，伍子胥被赐死后吴国埋下隐患。介子推忠贞却被焚死而骨枯，晋文公一旦醒悟后立刻访求。封了介山且禁止砍柴，报答他大恩大德多么恩厚。想起老朋友多年的亲身陪伴，便穿起白色丧服痛哭泪流。有人忠贞诚信为节操而死，有人欺诈却不受怀疑。（君王）不去省视考察用实情来检验，只听信小人所说的虚妄语言。芳香和腥臭混杂在一起，又有谁从夜间到白天的去认真辨识？为什么芳草会早早枯死，这说明微霜初降就得警惕。确实是君主不圣明受人蒙蔽，才使进谗献媚者一天天的更加得意。自古以来的嫉妒贤才者，都说蕙草杜若这样的香草不能佩戴。小人嫉妒那佳丽之人的芳美，嫫母这样的丑鬼却自以为妖媚可爱。就是有了西施的绝顶美貌，受谗妒也会被丑恶之人取代。我愿意陈述衷情表白行为，想不到竟意外地得了罪过。光天化日之下真情与冤曲显明，有如天上的星宿各有安排。乘骑骏马作长途奔驰，没有辔缰衔勒全凭自己控制。乘坐筏子向下游行驶，没有船只划桨全靠自己处置。（如果）背弃法度而凭私心办事，也就好像与以上这些没有什么差异。我宁肯忽然死亡随流而去，唯恐有生之年国家再受凌辱。不等把话说完我就投水自尽，可惜受蒙蔽的君主仍不明事理。

【释义】

此篇是作者的回忆。屈原痛惜自己的政治理想和政治主张遭到奸人的破坏，而未能使之实现，表明了自己不得不死的苦衷，并希望用自己的一死来唤醒顷襄王的最后觉悟。作者历举前世君王得贤人则兴盛与信谗言则灭亡的事情来对比说明。其中关于介子推的事情叙之犹详，本意是还希望楚王因自己之死，悔悟而改弦更张，振兴楚国，暗示"存君兴国"之意。诗人以死来殉"美政"的主要原因至少有二：一是无人知"美政"；二是没有谁与自己"为美政"。这留给我们的是文化思考：做忠诚爱国的人就要敢于奉献，哪怕是美好的生命。

【原文】

青春受谢①，白日昭只。春气奋发，万物遽②只。冥凌浃③行，魂无逃只。魂魄归来！无远遥只。魂乎归来！无东无西无南无北只。东有大海，溺水浟浟④只。螭龙并流⑤，上下悠悠只。雾雨淫淫，白皓胶⑥只。魂乎无东！汤谷⑦寂寥只。魂乎无南！南有炎火千里⑧，蝮蛇蜒⑨只。山林险隘，虎豹蜿⑩只。鰅鳙⑪短狐，王虺骞⑫只。魂乎无南！蜮⑬伤躬只。魂乎无西！西方流沙，漭洋洋只。豕首纵目⑭，被发鬤⑮只。长爪踞牙⑯，诶⑰笑狂只。魂乎无西！多害伤只。魂乎无北！北有寒山，逴龙赩⑱只。代水⑲不可涉，深不可测只。天白颢颢⑳，寒凝凝只。魂乎无往！盈北极只。魂魄归来！闲以静只。

注解

①谢，离去。受谢，春天承接着冬天离去。　②遽(jù)：竞争。　③冥：幽暗。凌：冰。泱(jiā)：周遍。　④溺(nì)水：水深易沉溺万物。浟(yōu)浟：水流的样子。　⑤并流：顺流而行。　⑥皓胶：本指冰冻的样子，这里指雨雾白茫茫，像凝固在天空一样。　⑦汤谷：即"旸(yáng)谷"，传说中的日出之处。　⑧炎火千里：据《玄中记》载，扶南国东有炎山，四月火生，十二月灭，余月俱出云气。　⑨蜒：长而弯曲的样子。　⑩蜿：行走的样子。　⑪蝄(yú)蜽(yōng)短狐：都是善于害人的怪物。　⑫王虺(huǐ)：大毒蛇。搴(qiān)：虎视眈眈。　⑬蜮(yù)：含沙射影的害人怪物。　⑭纵目：眼睛竖起。　⑮鬤(náng)：毛发散乱的样子。　⑯踞牙：踞，同"锯"；牙像锯的样子。　⑰诶(xī)：同"嬉"，玩耍。　⑱逴(chuō)龙：神话传说中人面蛇身的怪物。赩(xì)：赤色。　⑲代水：神话中的水名。　⑳颢(hào)颢：闪光的样子，这里指冰雪照耀的样子。

【原文】

自恣²¹荆楚，安以定只。逞志究²²欲，心意安只。穷身²³永乐，年寿延只。魂乎归来！乐不可言只。五谷六仞²⁴，设菰梁²⁵只。鼎臑盈望²⁶，和致芳²⁷只。内鸧²⁸鸽鹄，味²⁹豺羹只。魂乎归来！恣所尝只。鲜蠵³⁰甘鸡，和楚酪³¹只。醢豚苦狗³²，脍苴蒪³³只。吴酸蒿³⁴蒌，不沾薄³⁵只。魂兮归来！恣所择只。炙鸹烝凫³⁶，黏³⁷鹑陈只。

煎鰿臛㊳雀，遽爽存㊴只。魂乎归来！丽㊵以先只。四酎并孰㊶，不歰嗌㊷只。清馨冻饮，不歠㊸役只。吴醴白蘖㊹，和楚沥㊺只。魂乎归来！不遽惕只。

注解

㉑自恣：随心所欲。　㉒逞：施展。究：极尽。　㉓穷身：终身。　㉔六仞：谓五谷堆积有六仞高。仞，八尺。　㉕设：陈列。菰(gū)粱：雕胡米，做饭香美。　㉖臑(ér)：煮烂。盈望：满目都是。　㉗和致芳：调和使其芳香。　㉘内：同“肭(nà)”，肥的意思。鸧(cāng)：黄鹂。　㉙味：品味。　㉚蠵(xī)：大龟。　㉛酪：乳浆。　㉜醢(hǎi)：肉酱。苦狗：加少许苦胆汁的狗肉。　㉝脍(kuài)：切细的肉，这里是切细的意思。苴(jū)蓴(bó)：一种香菜。　㉞蒿蒌：香蒿，可食用。　㉟沾：浓。薄：淡。　㊱鸹(guā)：乌鸦。凫(fú)：野鸭。　㊲煔(qián)：把食物放入沸汤中烫熟。　㊳鰿(jí)：鲫鱼。臛(huò)：肉羹。　㊴遽(qú)：同“渠”，如此。爽存：爽口之气存于此。　㊵丽：附着、来到。　㊶酎(zhòu)：醇酒。孰：同“熟”。　㊷歰(sè)嗌(yì)：涩口刺激咽喉。　㊸不歠(chuò)役：不可以给仆役低贱之人喝。　㊹醴：甜酒。白蘖(niè)：米曲。　㊺沥：清酒。

【原文】

代秦郑卫㊻，鸣竽张只。伏戏驾辩㊼，楚劳商㊽只。讴和扬阿㊾，赵萧倡只。魂乎归来！定空桑㊿只。二八接舞(51)，投(52)诗赋只。

叩钟调磬，娱人乱⁵³只。四上竞气⁵⁴，极声变只。魂乎归来！听歌譔⁵⁵只。朱唇皓齿，嫭以姱⁵⁶只。比德好闲⁵⁷，习以都⁵⁸只。丰肉微骨，调以娱只。魂乎归来！安以舒只。嫮⁵⁹目宜笑，娥眉曼只。容则⁶⁰秀雅，稚朱颜只。魂乎归来！静以安只。

注解

㊻代秦郑卫：指当时时髦的代、秦、郑、卫四国乐舞。　㊼伏戏：即伏羲，远古帝王。驾辩：乐曲名。　㊽劳商：曲名。　㊾扬阿：歌名。　㊿定：调定。空桑：瑟名。　�51二八：女乐两列，每列八人。接：连。接舞，指舞蹈此起彼伏。　52投诗赋：指舞步与诗歌的节奏相配合。投，合。　53乱：这里指狂欢。　54四上：指前文代、秦、郑、卫四国之鸣竽。竞气：竞赛音乐。　55譔(zhuàn)：具备。　56嫭(hù)：美丽。姱(kuā)：美丽。　57比德：指众女之品德相同。好闲：指性喜娴静。　58习：娴熟，指娴熟礼仪。都：指仪态大度。　59嫮(hù)：同"嫭"，美好的意思。　60则：模样。

【原文】

姱修滂浩⁶¹，丽以佳只。曾颊倚耳⁶²，曲眉规⁶³只。滂心⁶⁴绰态，姣丽施只。小腰秀颈，若鲜卑⁶⁵只。魂乎归来！思怨移只。易中利心⁶⁶，以动作只。粉白黛黑，施芳泽⁶⁷只。长袂拂面，善留客只。魂乎归来！以娱昔⁶⁸只。青色直眉⁶⁹，美目媔⁷⁰只。靥辅奇牙⁷¹，宜笑嘕⁷²只。丰肉微骨，体便娟⁷³只。魂乎归来！恣所便⁷⁴只。夏屋[75]广大，沙堂[76]秀只。南房[77]小坛，观绝霤[78]只。曲屋步壛[79]，宜扰畜[80]只。腾驾[81]步游，猎春囿只。琼毂错衡[82]，英华假[83]只。菎兰桂树，郁弥路只。魂乎归来！恣志虑只。孔雀盈园，畜鸾皇只！鹍鸿群晨，杂鹙[84]鸧只。鸿鹄代游[85]，曼鷫鹴[86]只。魂乎归来！凤凰翔只。

注解

[61]滂浩：广大的样子，这里指身体健美壮实。　[62]曾颊：指面部丰满。曾，重。倚耳：指两耳贴后，生得很匀称。　[63]规：圆规。　[64]滂心：心意广大，指能经得起调笑嬉戏。　[65]鲜卑：美丽的女子。　[66]易中利心：心中正直温和。易，直；利，和。　[67]泽：膏脂。　[68]昔：晚上。　[69]青色：指用黛青描画的眉毛。直眉：双眉相连。直，同"值"。　[70]婑(mián)：眼睛美好的样子。　[71]靥(yè)辅：脸颊上的酒窝。奇牙：门齿。　[72]嘕(yān)：同"嫣"，笑得好看。　[73]便娟：轻盈美好的样子。　[74]恣所便：随您的便，任你所为。　[75]夏屋：大屋。夏，同"厦"。　[76]沙堂：用朱砂图绘的厅堂。　[77]房：堂左右侧室。　[78]观(guàn)：楼房。霤(liù)：指屋檐。绝霤，超过屋檐，形容楼高。　[79]曲屋：深邃幽隐的屋室。步壛(yán)：长廊。壛，同"檐"。　[80]扰畜：驯养马畜。　[81]腾驾：驾车而行。　[82]琼毂(gǔ)：以玉饰毂。错衡：以金错饰衡。衡，车上横木。　[83]假：大。　[84]鹙(qiū)：水鸟名，据传似鹤而大，青苍色。　[85]代游：一个接一个地游戏。　[86]曼：连续不断。鷫(sù)鹴(shuāng)：雁。

【原文】

曼泽[87]怡面，血气盛只。永宜厥身，保寿命只。室家盈廷[88]，爵禄盛只。魂乎归来！居室定只。接径[89]千里，出若云[90]只。三圭重侯[91]，听类神[92]只。察笃夭隐[93]，孤寡存[94]只。魂兮归来！正始昆[95]只。田邑千畛[96]，人阜昌[97]只。美冒众流[98]，德泽章只。先威后文[99]，善美明只。魂乎归来！赏罚当只。名声若日，照四海只。德誉配天，万民理只。北至幽陵，南交阯只。西薄羊肠[100]，东穷海只。魂乎归来！尚贤士只。

注解

[87] 曼泽：细腻润泽。　[88] 室家：指宗族。盈廷：充满朝廷。
[89] 接径：道路相连。　[90] 出若云：言人民众多，出则如云。
[91] 三圭重侯，指国家的重臣　[92] 听类神：听察精审，有如神明。
[93] 察笃：明察、优待。夭：未成年而死。隐：疾痛，指病人。
[94] 存：慰问。　[95] 正始昆：定仁政之先后。正，定。昆，后。
[96] 畛(zhěn)：田上道。　[97] 阜昌：众多昌盛。　[98] 美：指美善的教化。冒：覆盖、遍及。众流：指广大人民。　[99] 先威后文：先以威力后用文治。　[100] 幽陵、交阯(zhǐ)、羊肠：都是地名。

【原文】

发政献行[101]，禁苛暴只。举杰压陛[102]，诛讥罢[103]只。直赢[104]在位，近禹麾[105]只。豪杰执政，流泽施只。魂乎归来！国家为只。雄雄赫赫[106]，天德明只。三公穆穆[107]，登降堂[108]只。诸侯毕极[109]，立九卿只。

昭质⑩既设，大侯⑪张只。执弓挟矢，揖辞让⑫只。魂乎来归！尚三王⑬只。

——《大招》

注解

⑩献行：进献治世良策。　⑫举杰压陛：推举俊杰，使其立于高位。压：立。　⑬诛讥：惩罚、责退。罷(pí)：同"疲"，疲软，指不能胜任工作的人。　⑭直赢：正直而才有余者。　⑮禹麓：楚王车旗之名。　⑯雄雄赫赫：指国家势力强盛。　⑰穆穆：此指和睦互相尊重的样子。　⑱登降：上下，此指出入。堂：指朝廷。　⑲毕极：全都到达。　⑩昭质：显眼的箭靶。　⑪大侯：大幅的布制箭靶。　⑫揖(yī)辞让：古代射礼，射者执弓挟矢以相揖，又相辞让，而后升射。　⑬三王：楚三王，即《离骚》中的"三后"，指句亶(dàn)王、鄂王、越章王。

【今译】

　　四季交替春满大地，阳光普照万象更新。勃勃的春天进取向上，万物在竞争中自由地生长。遍地是寒冬的阴冷和冰雪，魂也没有可以逃亡的地方。魂魄归来吧！不要去遥远的地方。魂啊归来吧！不要去东方和西方，也不要去南方和北方。东方有广阔的大海，吞没万物浩浩荡荡。没角的螭龙顺流而上，忽上忽下劈波斩浪。迷雾阵阵淫雨霏霏，白茫茫一片像凝固的胶冻在天空一样。

魂啊，不要去东方！旸谷人迹罕至，寂寞空旷。魂啊不要去南方！南方有烈焰绵延千里，蝮蛇蜿蜒盘绕既大又长。（那里）山高林密，道路艰险，虎豹在那儿出没来往。鰅鳙短狐残害百姓，大毒蛇王虺更是嚣张。魂啊，不要去南方！鬼蜮含沙射影总是把人伤。魂啊，不要去西方！西方黄沙漫漫，无边无际，尘土飞扬。猪头妖怪眼睛直着长，毛发散乱披在身上。长长的爪子锯齿般的牙，嬉笑中露出疯狂相。魂啊，不要去西方！那有很多东西把人伤。魂啊，不要去北方！北方冰天雪地，烛龙的身子泛着红光。一条代水不能渡过，水深无底没法测量。北方的天地冰雪一片，发出刺眼的白光，寒气凝结，滴水成冰。魂啊，不要前去！积满冰雪的北极让人神伤。魂魄归来吧！这里悠闲自在，拥有清静的时光。在荆楚故国可以自由自在，安居乐业不再飘泊四方。万事顺遂心想事成，无忧无虑心神安宁。终身都能保持快乐，延年益寿安享天年。魂魄，归来吧！这里的欢乐说不尽。五谷丰登粮仓高堆十几丈，桌上雕胡米饭够你尝。鼎中煮熟的肉食看得你眼馋，调和的五味传来阵阵芳香。鸧鹒鹁鸠天鹅应有尽有，鲜美的豺狗肉羹摆满桌上。魂魄，归来吧！请任意品尝各种美味。有新鲜甘美的大龟肥鸡，浇上楚国的酪浆更有滋味。猪肉酱和略带苦味的狗肉，再加点切细的香菜茎。吴国的香蒿做成酸菜，吃起来不浓不淡口味纯。魂魄，归来吧！请任意选择各种食品。火烤乌鸦清蒸野鸭，烫熟的鹌鹑案头摆放。煎炸鲫鱼炖煨山雀，吃起来满口香气，回味无穷。魂魄，归来吧！归附故乡先来尝个鲜。反复酿制的美酒味道醇，不涩口也没有刺激性。清香的酒味最宜冰镇了喝，不能只让仆役们偷饮。吴国的甜酒曲蘖酿制，最好的喝法是把楚国的清酒掺进。魂魄，归来吧！不要惶恐不安胆战心惊。代、秦、郑、卫四国的乐章，竽管齐鸣吹奏响亮。伏羲氏的乐曲《驾辩》，还有楚地的乐曲《劳商》。在合唱《扬阿》这支歌时，先把赵国的洞箫来吹响。魂魄，归来吧！请你调理好宝瑟空桑。两列美女轮流着翩翩起舞，轻盈的舞步与美妙歌辞的节奏相当。敲起钟磬，调节好声律的高低，欢乐的人们陶醉疯狂。各国的音乐互相比美，变化多端乐曲悠扬。魂魄，归来吧！来欣赏各种舞乐歌唱。美人们唇红齿白，容貌姣好实在漂亮。品德美好性情娴静，雍容高雅，仪态万方，也熟悉各种礼仪典章。她们身材丰满骨骼纤细，舞姿和谐令人赏心悦目。魂魄，归来吧！你会感到安乐舒畅。美目像秋波一样流转，巧笑最动人心田，娟秀的娥眉又细又长，如新月弯弯。她们容貌俊美姿态娴雅，面庞红润皮肤细嫩。魂魄归来吧！你会感到宁静安详。美艳的姑娘体格健壮身材修长，风姿绰约仪表端庄。面额饱满耳朵匀称，弯弯的眉毛似用圆规修饰过一样。她们心意宽广体态丰盈，姣好艳丽打扮得体。腰肢细小脖颈纤秀，就像用鲜卑带约束过一样。魂魄，归来吧！相思的幽怨会转移遗忘。她们内心正直温和善良，动作优美举止端庄。白粉敷面黑黛画眉，再把一层香脂涂上。举起长袖在你的面前拂动，殷勤留客热情大方。魂魄，归来吧！晚上还可以娱乐一场。有的姑娘长着黑色直眉,美丽的眼睛顾盼生辉。迷人的酒窝整齐的门牙,嫣然一笑令人心舒神畅。身材丰满骨骼纤细,体态轻盈,就像仙女一样翩然而至。魂魄,归来吧!你爱怎么样就怎么样。这里的房屋又宽又大,朱砂图绘的厅堂清秀端庄。南面的厢房有小小的坛,楼观高耸超除了屋檐。深邃的屋宇狭长的走廊,适合驯马的场地就在这边。或驾车或步行出游方便,射猎场就在春天的郊野。玉饰的车毂金错的车衡,光彩夺目气势不凡。一行行的莐兰桂树,浓郁的香气在路上弥漫。魂魄,归来吧!怎样游玩随您的意愿。羽毛鲜艳的孔雀满园,稀世的凤凰青鸾还养在这边。鹍鸡鸿雁在清晨啼叫,水凫鸧鸹的鸣声夹杂其间。天鹅在池中轮番嬉游,鸀鸟戏水让人爱怜。魂魄,归来吧!看看凤凰飞翔在天。润泽的脸上满是笑容,精力充沛十分康健。身心调养一直适当,身体健康才能益寿延年。很多家族中的人任职朝廷,享受爵位俸禄多为国家奉献。魂魄,归来吧!安居的宫室就是这样,确定不变。这里的道路广阔无边,人丁兴旺,来来往往就像浮云舒卷。公侯伯子男诸位大臣,善听明察就如天神明鉴。他们体恤厚待各种受灾患病之人,慰问孤儿寡母,给他们送温暖。魂魄,归来吧!分清先后施德行善。(这里的)田地肥沃,人口众多,阡陌纵横,经济繁荣,文化昌盛。教化普及广大百姓,德政恩泽十分明显。先施威严后行仁政,政治清廉,既美好又光明。魂魄归来吧!赏罚适当多么公平。名声就像辉煌的太阳,照耀四海传遍四方。功德荣誉对得起苍天，妥善治理天下万民。向北可达幽陵之域，向南直抵交趾之境。向西接近羊肠之城，向东的尽头在大海之滨。魂魄，归来吧！这里尊重贤德之人。发布政令进献良策，禁止苛政暴虐百姓。推举贤才任职朝廷，罢免责罚无能之人。让正直而有才能的人任职高位，使他们作辅佐，聚集在君王的身边。贤能的豪杰掌握权柄，德泽遍施百姓感恩。魂魄，归来吧！国家需要有作为的贤君。楚国的威势雄壮烜赫，上天的功德万古彪炳。三公和睦互相尊重，上上下下进出朝廷，尽心尽力为国奔波。各地诸侯都来朝拜，辅佐君王再设立九卿。箭靶已树起目标明确，大幅的布制箭靶也已挂定。射手们一个个持弓挟箭，相互揖让谦逊恭敬。魂魄，归来吧！崇尚追随前代的三王明君。

【释义】

《大招》不是单一的招魂祝辞，而是于其中蕴含了一定的思想。一方面，诗人通过极言东南西北四方环境的险恶，极力铺陈楚国饮食、乐舞、宫室的丰富多彩、壮伟华丽，来召唤先王的亡魂，表达对楚君的无限忠心和眷恋之情；另一方面，诗人又通过追念楚国最强盛的时代地域辽阔、人民富庶、政治清明的历史，来表达自己对遵法守道、举贤授能的清明政治的向往。文章在结构上浑然一体，其中跳动的忠诚的心更是感人至深。

第三节　抗争的人生

【原文】

禹之力献功①，降省下土方②。焉得彼涂山女③，而同之于台桑④？闵妃匹合⑤，厥身是继⑥。胡维嗜不同味⑦，而快鼌饱⑧？启代益作后⑨，卒然离蠥⑩。何启惟忧⑪，而能拘是达⑫？皆归射鞠⑬，而无害厥躬⑭。何后益作革⑮，而禹播降⑯？启棘宾商⑰，九辨九歌。何勤子屠母⑱，而死分竟地⑲？帝降夷羿⑳，革孽夏民㉑。胡射夫河伯㉒，而妻彼雒嫔㉓？冯珧利决㉔，封豨是射㉕。何献蒸肉之膏㉖，而后帝不若㉗？浞娶纯狐㉘，眩妻爰谋㉙。何羿之射革㉚，而交吞揆之㉛？阻穷西征㉜，岩何越焉？化为黄熊㉝，巫何活焉？咸播秬黍㉞，莆雚㉟是营。何由并投㊱，而鲧鯀疾修盈㊲？

注解

①献功：圣功。　　②降省(xǐng)：降临省视。　　③涂山，古国名。禹娶涂山之女，生启。　　④同：同"婚"。合桑：地名。⑤闵：同"悯"，爱怜。妃：匹配，谓禹之配偶涂山之女。⑥厥身是继：指涂山氏怀了禹的儿子。　　⑦嗜不同味：指志趣不同。　　⑧鼌(cháo)：朝。饱：当为"食"之误。朝食，是古

代人关于男女交媾的隐语。　⑨启：禹的儿子。益：伯益，禹的大臣。后：君。　⑩离：遭。孽（niè）：忧，难。　⑪惟：同"罹（lí）"。惟忧，罹忧，遭难。　⑫能：乃。拘：谓启为益所拘。拘，囚禁。达：同利，指启在囚禁中脱身。　⑬射鞠：当作"鞠躬"，意为敬谨。射，系"躬"之误。　⑭害：恶。无害厥躬，言其身无恶。　⑮作：同"祚（zuò）"，福祚。革：革除。　⑯播（fān）：藩衍，指后代。降：大。　⑰启棘宾商，即启梦见上天做了天帝的客人。　⑱勤：笃厚。勤子，贤子。屠母：传说启破母腹而生。　⑲死：同"屍"（今简为"尸"）。竟地：遍地，满地。　⑳帝：指帝尧。夷羿：诸侯名，擅长射箭。　㉑革：革除。孽：忧。革孽夏民，革除夏民的忧患。　㉒胡：何。河伯：黄河水神。　㉓雒（luò）嫔：有洛氏之女，河伯妻。　㉔冯（píng）：持。珧（yáo）：宝弓。决：用象骨做成的套在大拇指上钩弦发箭的工具。　㉕封豨（shǐ）：大野猪。　㉖蒸肉：祭祀之肉。蒸，蒸祭。膏：肥美之肉。　㉗后帝：指天帝。若：顺。不若，心中不顺畅。　㉘浞（zhuó）：寒浞，羿之臣。纯狐氏，羿之妻。　㉙眩妻：即纯狐氏之女名，羿之妻。　㉚射革：传说羿能射穿七层皮革。　㉛而：同"耐"，能。吞揆（kuí）：吞灭。　㉜阻穷：喻困厄于穷苦不毛之地，指鲧被困羽山三年之事。　㉝黄熊：指鲧（gǔn）死后化为黄熊之事。　㉞咸：皆。秬（jù）黍：黑黍。　㉟莆藋（guàn）：芦苇一类的植物。　㊱并投：一起被放逐，指鲧与共工、驩（huān）兜（dōu）、三苗三凶一起被放逐。　㊲疾：恶。修盈：指罪恶之多。

【原文】

白蜺婴茀³⁸，胡为此堂³⁹？安得夫良药，不能固臧⁴⁰？天式从横⁴¹，阳离爰死⁴²。大鸟何鸣⁴³，夫焉丧厥体？萍号起雨⁴⁴，何以兴之？撰体胁鹿⁴⁵，何以膺之？鳌戴山抃⁴⁶，何以安之？释舟陵行⁴⁷，何以迁之？惟浇在户⁴⁸，何求于嫂⁴⁹？何少康逐犬⁵⁰，而颠陨厥首⁵¹？女岐缝裳⁵²，而馆同爰止⁵³。何颠易厥首⁵⁴，而亲以逢殆⁵⁵？汤谋易旅⁵⁶，何以厚之？覆舟斟寻⁵⁷，何道取之？桀伐蒙山⁵⁸，何所得焉？妺嬉何肆⁵⁹，汤何殛焉⁶⁰？舜闵在家⁶¹，父何以鳏⁶²？尧不姚告⁶³，二女何亲⁶⁴？厥萌在初⁶⁵，何所亿焉⁶⁶？璜台十成⁶⁷，谁所极焉⁶⁸？登立为帝，孰道尚之⁶⁹？

注解

㊲蜺(ní)：同"霓"，虹的一种，也称副虹，色较淡。婴茀(fú)：妇女首饰。　㊳堂：堂皇，盛美。　㊴不：据上文例当补一"而"字。　㊶式：法式。从横：即纵横，犹经纬。㊷阳离：经纬天式之阳气离绝。爰：乃。　㊸大鸟：日中金乌。鸣：当为"鸿"之误，指日乌之肥大。　㊹萍(píng)：即萍翳，多作屏翳。古代传说中的雨师名。号：呼。㊺撰：柔顺。胁：合。鹿：指风神，风神飞廉传说为鹿身。膺：承。　㊻鳌(áo)：海中大龟。抃(biàn)：拍手，此指舞动。㊼释：舍弃。陵行：在陆地上行走。　㊽浇：寒浞的儿子，相传其力极大。　㊾嫂：浇的嫂子，即女岐。　㊿少康：夏朝国君相的儿子，寒浞使浇杀相，少康逃奔有虞，虞妻以

二女。后来少康打猎放狗追逐野兽，遂袭杀浇。　　51颠陨：掉下。厥首：其头，指浇的头。　　52女岐：女艾，也作汝艾。　　53止：止宿。　　54颠易：砍断。　　55殆：危险。　　56汤：为"康"字之误，指少康事。易：治。旅：众。　　57斟寻：古国名。　　58桀：夏代最末一位国君，是历史上著名的昏暴之君。蒙山：古国名。　　59妹嬉：桀宠爱的女子，伐蒙山所得。肆：放荡。　　60殛(jí)：诛罚。　　61闵：同"悯"，爱，此指孝。　　62鳏(guān)：无妻或丧妻的男人。　　63姚：舜的姓氏，这里指舜父瞽(ɡǔ)叟。　　64二女：指尧二女娥皇、女英，她们是舜的妃子。　　65萌：萌芽。　　66亿：同"臆"，预料，测度。　　67璜：玉石。十成：十重。　　68极：至。　　69道：道理。尚：尊崇。

【原文】

女娲有体[70]，孰制匠之[71]？舜服厥弟[72]，终然为害[73]。何肆犬豕[74]，而厥身不危败？吴获迄古[75]，南岳是止[76]。孰期去斯[77]，得两男子[78]？缘鹄饰玉[79]，后帝是飨[80]。何承谋夏桀，终以灭丧？帝乃降观[81]，下逢伊挚[82]。何条放致罚[83]，而黎服大说[84]？简狄在台[85]，喾何宜[86]？玄鸟致贻[87]，女何喜[88]？该秉季德[89]，厥父是臧。胡终弊于有扈[90]，牧夫牛羊？干协时舞[91]，何以怀之？平胁曼肤[92]，何以肥之[93]？有扈牧竖[94]，云何而逢？击床先出[95]，其命何从？恒秉季德[96]，焉得夫朴牛[97]？何往营班禄[98]，不但还来？昏微遵迹[99]，有狄不宁[100]。何繁鸟萃棘[101]，负子肆情[102]？眩弟并淫[103]，危害厥兄。何变化以作诈，而后嗣逢长[104]？

注 解

[70]女娲：神话传说中上古女帝王。人头蛇身，一天之中能变化七十种样子。 [71]制匠：制作。 [72]服：善事。 [73]终然：最后，终于。 [74]肆：放肆。 [75]吴：南方的诸侯国。周的祖先古公亶父的长子太伯、次子仲雍为了让弟弟季历继位，就跑到南方，开创了吴国。迄古：终古。 [76]南岳：会稽山，此不必实指。 [77]期：期望。去：为"夫"之误。 [78]两男子：指太伯、仲雍两贤人。 [79]缘鹄、饰玉：皆指鼎器之饰。 [80]飨(xiǎng)：拿酒食招待。 [81]帝：指成汤。 [82]伊挚：汤贤臣，伊尹之名。 [83]条：鸣条，地名。条放，被流放到鸣条。 [84]黎服：黎民。说：悦。 [85]简狄：有娀氏女，帝喾妃。台：坛。 [86]喾：上古帝王，高辛氏。 [87]玄鸟：燕子。传说简狄吞下玄鸟之卵而生商之始祖契。 [88]女：指简狄。 [89]该、季：皆人名。商的两个祖先。该，即王亥。季，该父。秉：承。 [90]毙：同"毙"，死。有扈当为"有易"之误，有易，古国名。 [91]干：盾牌。协：合。时：是，此。舞：指以干戚为道具的武舞，是古人表示英武雄壮的一种舞。 [92]平胁曼肤：体态丰腴的样子。 [93]肥：即妃，匹配。 [94]竖：蔑称，小子。 [95]击床：传说王亥被人袭击于床笫之间。 [96]恒：王亥弟，季子。 [97]朴牛：大牛。 [98]营：营求。班禄：颁赐爵禄。 [99]昏微：即上甲微，王亥的儿子。遵迹：遵顺先人的旧迹。 [100]有狄：即"有易"。 [101]繁鸟：众鸟。 [102]负子肆情：指上甲微有淫行，及于儿媳妇。 [103]眩弟：昏乱的弟弟。 [104]逢：隆盛。

【原文】

成汤东巡⑯，有莘爰极⑯。何乞彼小臣⑰，而吉妃是得⑱？水滨之木，得彼小子。夫何恶之，媵有莘之妇⑲？汤山重泉⑩，夫何罪尤⑪？不胜心伐帝⑫，夫谁使挑之？会晁争盟⑬，何践吾期⑭？苍鸟群飞⑮，孰使萃之？到⑯击纣躬，叔旦不嘉⑰。何亲揆发⑱，定周之命以咨嗟⑲？授殷天下，其位安施？反成乃亡，其罪伊何？争遣伐器⑳，何以行之？并驱击翼㉑，何以将之㉒？昭后成游㉓，南土爰底㉔。厥利惟何，逢彼白雉㉕？穆王巧梅㉖，何为周流㉗？环理天下㉘，夫何索求？妖夫曳衔㉙，何号于市？周幽谁诛，焉得夫褒姒㉚？

——《天问》节选

注解

⑯成汤：殷商的开国君主。　　⑯有莘(shēn)：古国名，在今河南陈留县。爰：乃。极：到。　　⑰乞：求。小臣：指伊尹，本为有莘国的媵臣。　　⑱吉妃：贤妃，指有莘氏的女儿。　　⑲媵(yìng)：陪嫁。　　⑩重泉：桀囚禁汤的地方。　　⑪罪尤，罪过。　　⑫不胜心：心中不能忍耐。　　⑬会晁(cháo)：朝会。请，告。盟，誓。　　⑭践吾期：如约守期。　　⑮苍鸟：苍鹰。　　⑯到：整列。　　⑰叔旦：即周公旦，武王之弟，名旦。嘉：嘉许。　　⑱揆(kuí)：测度，指周公为武王谋。发：周武王之名。　　⑲咨嗟：指管叔蔡叔传播流言谓周公谋反，周公因而叹息。

㉑伐器：攻伐之器。此句指周武王东征四国事。　㉑并驱：并驾齐驱。击翼：击敌两翼。　㉒将：率领。　㉓昭：指周昭王。成：当为"盛"。　㉔底：至。　㉕白雉：此言昭王南游之利，所得不过逢迎雉兔，而终遭天噎，师丧身死。　㉖捶(měi)：枚，策，马鞭。　㉗周流：周游。　㉘理：履。　㉙曳衔：即曳衔，指夫妻互相牵引沿街叫卖。　㉚褒姒(sì)：周幽王之后。

【今译】

　　大禹尽自己的力量完成了神圣的功业，降临人间巡视天下四方。哪儿来的涂山之女，与她结合就在台桑？爱涂山女就与她婚配，迎来了后代儿子的出生。为何他的嗜好与普通人一样，求欢做爱饱享一朝之情？（夏）启取代伯益成了国君，终究还是遇上灾祸。为何（夏）启会遭此忧患，身受囚禁却又能最终逃脱？都是勤奋小心鞠躬尽瘁，没有损害他们自身。为何伯益福分终结，禹的后代繁荣昌盛？夏启做梦上天作客，得到九辩九歌乐曲。为何贤子竟伤母命，使她肢解满地，尸骨分裂？帝尧派遣夷羿降临人间，消除忧患安慰人民。为何箭射那个河伯，夺取了河伯的妻子洛嫔？持着宝弓套着扳指，把那巨大野猪射死。为何献上蒸祭的肥肉，天帝心中并不舒适？（羿的臣子）寒浞要娶纯狐氏女（羿的妻子），羿妻合伙把亲夫羿来谋杀。为何羿能大力射穿皮革，其妻与浞却能消灭他？西行之路遇阻受困，山岩重重怎么越过？鲧的身子化为黄熊,巫师如何使他复活?地上都已播种黑黍,芦苇水草也已经营。(鲧)为何和三凶一起被放逐,难道鲧真是千夫所指,恶贯满盈?白虹披身作为衣饰,为何常仪这么华美?哪儿得到不死之药,却又不能长久保藏?自然的法则经天纬地,阳气离散就会死亡。大鸟金乌多么肥壮,为何竟会体解命丧?雨师屏翳呼风唤雨,他怎能使雨势猛涨?有着驯良柔顺体质,有着鹿身的风神飞廉如何响应?巨鳌背负神山舞动,神山怎样稳定不移?舍弃舟船行走陆地,龙伯巨人怎样迁徙?想那浇在家生活之时,对他嫂嫂有何非分要求?为何少康驱赶猎犬,遇浇就能将他斩首?女艾借着缝补衣服,与浇同住一个房间。为何少康取浇首级,浇虽力大仍然遇难?少康策划整顿部下,他是如何厚待众人?讨伐斟寻倾覆其船,他用什么方法取胜?夏桀出兵讨伐蒙山,所得之物又是什么?妹喜怎样恣肆淫虐?商汤怎样将桀诛灭?舜在家里非常仁孝,父亲为何让他独身?尧不告诉舜父瞽瞍,二妃如何与舜成亲?起初刚有淫奢的想法,怎么就能预料结局?纣王建造十层玉台,谁使他到如此地步?承受天命登位称帝,什么道理受人敬仰?女娲有着特殊形体,是谁将她造成这样?舜帝友爱他的弟弟,弟弟还是对他加害。为何放肆如同猪狗,其身并不危险失败?吴国得以长久存在,江南山川民众安居乐业。谁能想到此中缘故,全因得到太伯、仲雍两个贤人?饰鹄饰玉铜鼎调羹,美食拿来孝敬君王。为何使用伊尹之谋,汤能伐桀使他灭亡?商汤降临巡视四方,在外遇到贤臣伊尹。为何桀在鸣条受罚，黎民百姓十分高兴？简狄住在瑶台之上，帝喾怎会牵挂心上？玄鸟高飞送来聘礼，简狄为何那么欢喜？王亥继承王季的美德，受到他的父亲褒奖。（王亥）为何终遭有易毒手，让他在此放牧牛羊？王亥持盾跳起舞蹈，为何就有女子爱他？有易女子体态丰腴，为何王亥能够配她？有易国的放牧小子，又在哪里遇到私情？凶器击床王亥遭殃，如何能够保存性命？王恒继承王季之德，哪里得到肥牛满栏？为何去求有易赐禄，却不能够安然回返？上甲微能追随祖先的足迹，有易国就不得安宁。为何众鸟集于树丛，他会与儿媳妇偷情？弟弟昏乱共为淫虐，因此危害他的兄长。为何善变狡诈多端，他的后代反而繁衍平安？成汤出巡东方之地，到达有莘氏的国土。为何求得小臣伊尹，还能再得贤淑的妃子？水边那株空桑木上，捡到那个小儿伊尹。为何又会产生恶感，把他作为陪嫁礼品？商汤从囚禁的地方重泉出来，他究竟犯下什么大罪？难忍耻辱起而伐桀，是谁挑起这场是非？诸侯前来朝会请盟，为何都能守约如期？苍鹰威武成群高飞，谁使它们聚在一起？整顿队伍攻击商纣，周公姬旦却不同意。为何亲自为武王计谋，奠定周朝又发叹息？天将天下授予殷商，纣的王位如何巩固？成功之道违反则亡，他的罪过又是什么？诸侯踊跃拿起武器，武王如何动员他们？军队并进击敌两翼，他又如何指挥大军？昭王大规模地带领兵车出游，到达南方边远地区这才停止。最后得到什么好处，难道只是遇见白雉？穆王驾马挥动马鞭，为何他要周游四方？他的脚步走遍天下，有些什么要求愿望？妖人夫妇牵引叫卖，为何他们呼号街市？杀幽王的究竟是谁？哪里得来这个褒姒？

【释义】

从"禹之力献功"起，屈原对大量的神话故事和历史传说与史实提出了追问，这些各种各样的人事问题构成了《天问》的重要内容。女歧、鲧、禹、共工、后羿、启、浞、简狄、后稷、伊尹……屈原对这些传说中的事和人，一一提出了许多怀疑，这种怀疑或对事实本身发问，或对事件关注，或对人物评价，往往渗透着诗人的爱憎情感。尤其是关于鲧禹的传说，表现了作者极大的不平之情，他对鲧治水有大功而遭极刑深表同情，在他看来，鲧之死不是如儒家所认为的是治水失败之故，而是由于他为人正直而遭到了帝的疑忌，这实际上是一种由人及己的暗示和类比。这种"问"，实际上表现了诗人对自己在政治斗争中所遭遇到的不平待遇的愤懑，体现了一种批判的锋芒，一种抗争的精神。而这种批判和抗争，就是一种对自己理想的忠诚。

【原文】

入溆浦余儃佪①兮，迷不知吾所如②。深林杳以冥冥③兮，乃猿狖④之所居。山峻高以蔽日兮，下幽晦⑤以多雨。霰雪纷其无垠⑥兮，云霏霏而承宇⑦。哀吾生之无乐兮，幽独处乎山中。吾不能变心而从俗兮，固将愁苦而终穷⑧。接舆髡首⑨兮，桑扈裸行⑩。忠不必用兮，贤不必以⑪。伍子⑫逢殃兮，比干菹醢⑬。与前世而皆然⑭兮，吾又何怨乎今之人？余将董道而不豫⑮兮，固将重昏⑯而终身。乱曰：鸾鸟凤皇⑰，日以远兮。燕雀乌鹊⑱，巢堂坛⑲兮。露申辛夷⑳，死林薄㉑兮。腥臊并御㉒，芳不得薄㉓兮。阴阳易位㉔，时不当㉕兮。怀信侘傺㉖，忽㉗乎吾将行兮。

——《涉江》节选

注解

①溆浦：溆水之滨。儃(chán)佪(huái)：徘徊。　②如：到，往。　③杳(yǎo)：幽暗。冥冥：幽昧昏暗。　④狖(yòu)：长尾猿。　⑤幽晦：幽深阴暗。　⑥霰(xiàn)：雪珠。纷：繁多。垠：边际。　⑦霏霏：云气浓重的样子。承：弥漫。宇：天空。　⑧终穷：终生困厄。　⑨接舆：春秋时楚国的隐士，佯狂傲世。髡(kūn)首：古代刑罚之一，即剃发。相传接舆自己剃去头发，避世不出仕。　⑩桑扈(hù)：古代的隐士。裸(luǒ)：同"裸"。桑扈用裸体行走来表示自己的愤世嫉俗。　⑪以：用。

⑫伍子：伍子胥，春秋时吴国贤臣。逢殃：指伍子胥被吴王夫差杀害。　⑬比干：商纣王时贤臣，因为直谏，被纣王杀死剖心。菹(zǔ)醢(hǎi)：古代的酷刑，将人剁成肉酱。　⑭皆然：都一样。　⑮董道：坚守正道。豫：犹豫，踟蹰。　⑯重：重复。昏：暗昧。　⑰鸾鸟、凤凰：都是祥瑞之鸟，比喻贤才。⑱燕雀、乌鹊：比喻谄佞小人。　⑲堂：殿堂。坛：祭坛。⑳露申：一做"露甲"，即瑞香花。辛夷：一种香木，即木兰。㉑林薄：草木杂生的地方。　㉒腥臊：恶臭之物，比喻谄佞之人。御：进用。　㉓芳：芳洁之物，比喻忠直君子。薄：靠近。　㉔阴阳易位：比喻楚国混乱颠倒的现实。㉕当：合。　㉖怀信：怀抱忠信。侘(chà)傺(chì)：惆怅失意。㉗忽：恍惚，茫然。

【今译】

抵达溆浦的水边，我徘徊在山岗，心头迷茫——不知前进的方向。幽暗的森林，昏暗无光。这里是长尾猿出没的地方。高峻奇险的山峰，将太阳的光芒遮挡，幽深阴暗的山谷，时时笼罩着烟雨茫茫。天空浓云密布，细微的小雪珠纷飞而下，无边无际，幕天席地。我的人生之路正如笼罩在阴霾里的景色，迷茫而没有亮色。哀叹我缺少真正的欢乐，孤单的生活在这穷山恶水之中。(尽管如此)，我仍不能改变我的初衷，所以命运注定，这愁苦将伴随我的一生。想那前代的隐士接舆曾自己剃发，那贤明的隐士桑扈也曾裸体而行。忠诚者不一定能得到重用，贤达者也不一定能得到敬重。你看那忠心耿耿的伍子胥，还不是遭受祸殃？那贤达忠诚的王子比干，最后竟被剁成肉酱。今天与历史一模一样，我又何必怨恨当今的君王！我要坚守正道毫不犹豫啊，当然难免终身处在黑暗之中。尾声：那神鸟鸾与凤凰，一天天地飞远。那小麻雀黑乌鸦，却占据了殿宇祭坛。香美的露申、辛夷，死在草木交错的丛林。腥臊恶臭的气味，弥漫在神圣的殿堂，芳香美好的花草，竟没有立足的地方。阴与阳、明与暗都换了位置，我生不逢时，而被流放。我心中满怀着忠诚而不能得志，我就要飘然远去。

【释义】

深山之中，云气弥漫，天地相连，极少人烟。这是屈原对流放地的环境的形容夸张，也是对自己所处政治环境的隐喻。同时，作者还通过用两种不同类型的四个事例——接舆、桑扈消极不合作而为时代所遗弃；伍员、比干想拯救国家改变现实但又不免杀身之祸——来说明一个观点：决不改变自己原先的政治理想与生活习惯，决不与黑暗势力同流合污，妥协变节。"乱曰"以下，以鸾鸟、凤凰、香草来象征正直、高洁；以燕雀、乌鹊来比喻邪恶势力，以腥臊比喻秽政，更是充分表现了诗人批判政治黑暗，邪佞之人执掌权柄的现实。远行，就是一种抗争；抗争，就是对自己本心的坚守。

【原文】

屈原既放，游于江潭，行吟泽畔，颜色①憔悴，形容②枯槁。渔父见而问之曰："子非三闾大夫③与？何故至于斯？"

屈原曰："举世皆浊我独清，众人皆醉我独醒，是以见④放。"

渔父曰："圣人不凝滞于物，而能与世推移。世人皆浊，何不淈⑤其泥而扬其波？众人皆醉，何不哺其糟而歠其醨⑥？何故深思高举⑦，自令放为？"

屈原曰："吾闻之，新沐者必弹冠，新浴者必振衣。安能以身之察察⑧，受物之汶汶⑨者乎？宁赴湘流，葬于江鱼之腹中。安能以皓皓之白，而蒙世俗之尘埃乎？"

渔父莞尔⑩而笑，鼓枻⑪而去。乃歌曰："沧浪⑫之水清兮，可以濯⑬吾缨；沧浪之水浊兮，可以濯吾足。"遂去，不复与言。

——《渔父》⑭

注解

①颜色：脸色。　②形容：形体容貌。　③三闾大夫：掌管楚国王族屈、景、昭三姓事务的官。屈原曾任此职。　④见：被。　⑤淈(gǔ)：搅混。　⑥哺(bū)：吃。歠(chuò)：饮。醨(lí)：薄酒。　⑦高举：高出世俗的行为。举，举动。　⑧察察：洁净。　⑨汶(mén)汶：玷辱。　⑩莞(wǎn)尔：微笑的样子。　⑪鼓枻(yì)：打桨。　⑫沧浪：水名，汉水的支流，在湖北境内。或说沧浪是水清澈的样子。　⑬濯(zhuó)：洗。　⑭渔父(fǔ)：父又写作"甫"，老年男子之称。

【今译】

屈原被放逐之后，在江湖间流浪。他在水边边走边唱，脸色憔悴，形容枯槁。渔父看到屈原便问他说："你不就是那位三闾大夫么？怎么竟变成了这般模样？"屈原说："普天下的人全都肮脏只有我清白，个个都醉了唯独我清醒，因此我被君王流放了。"渔父说："真正贤明的圣人不会被一事一物所限制，而能随世情流转而相应地改变。既然世上的人都肮脏龌龊，你为什么不也使那泥水弄得更浑浊而推波助澜？既然个个都沉醉不醒，你为什么不也跟着吃那酒糟喝那酒汁？为什么你偏要忧国忧民，行为超出一般与众不同，使自己遭到被流放的下场呢？"屈原说："我听说，刚洗过头的人一定会弹去帽子上的浮尘，刚洗过澡的人一定会抖去衣服上的尘土。(一个人)怎么能让洁白的身体去接触污浊的外物？我宁愿投身于湘水，葬身在江中鱼鳖的肚子里，哪里能让玉一般的东西去蒙受世俗尘埃的沾染呢？"渔父微微一笑，拍打着船儿离去。口中唱道："沧浪水清清啊，可用来洗我的帽缨；沧浪水混浊啊，可用来洗我的双足。"便离开了，不再和屈原说话。

【释义】

本文的写作背景是：故国处在一个危机当中，个人的事业处在挫折当中。作者没有单一地铺陈颂扬自己的伟大人格，而是别具匠心地设置了一个对立面，让渔夫与屈原分别代表两种相反的但各自又十分典型的人生观，并让他们在江畔相遇，展开对话，这就使文章内涵全部熔铸在一个整体对比性构架之中。在这个构架中，至少包容着三个方面的对比关系：一是两条人生道路的对比。屈原坚持入世，渔父乐在出世。实质上一个是从社会着眼，目的在于济世；一个是从个人出发，意图在于全生。二是两种人生态度的比较。屈原明辨是非、高洁自奉，而且至死不渝；渔父遗世独立、清高隐逸，而且无拘无束。三是两种结果的对比。屈原积极用世，深思高举，结果却惨遭流放，行吟江畔，痛苦万分；渔父消极避世、钓鱼江滨，反而能身心自由，鼓枻高歌，欣然自乐。至此，屈原那玉可碎而不可改其白、竹可焚而不可毁其节的崇高精神，在层层对比中显得璀璨夺目。这种抗辩中所体现的对人生理想的忠诚更加可歌可泣，其价值穿越时空，熠熠生辉。

【原文】

　　若有人兮山之阿①，被薜荔兮带女萝②。既含睇兮又宜笑③，子慕予兮善窈窕④。乘赤豹兮从文狸⑤，辛夷车兮结桂旗⑥。被石兰兮带杜衡⑦，折芳馨兮遗所思⑧。余处幽篁兮终不见天⑨，路险难兮独后来。表独立兮山之上⑩，云容容兮而在下⑪。杳冥冥兮羌昼晦⑫，东风飘兮神灵雨⑬。留灵修兮憺忘归⑭，岁既晏兮孰华予⑮？采三秀兮于山间⑯，石磊磊兮葛蔓蔓⑰。怨公子兮怅忘归⑱，君思我兮不得闲。山中人兮芳杜若⑲，饮石泉兮荫松柏。君思我兮然疑作⑳。雷填填兮雨冥冥㉑，猿啾啾兮狖夜鸣㉒。风飒飒兮木萧萧，思公子兮徒离忧㉓。

——《山鬼》

注解

①若：发语词。阿(ē)：山的弯曲处。　②被(pī)：同"披"。带、腰带，此处做使动用。薜荔、女萝：皆蔓生植物。③含睇(dì)：含情而视。宜笑：笑得很美。　④子：与下文的灵修、公子、君都是指山鬼，亦即扮演山鬼的女巫所思念的人。慕：爱慕。善：美好，是形容窈窕的副词。⑤赤豹：皮毛呈褐色的豹。从：跟从。文：花纹。狸：狐一类的兽。文狸：毛色有花纹的狸。⑥辛夷车：以辛夷木为车。结：编结。桂旗：以桂为旗。　⑦石兰、杜衡：皆香草名。⑧遗(wèi)：赠。⑨幽篁：竹林深处。　⑩表：独立突出之貌。⑪容容：即"溶溶"，水或烟气流动之貌。⑫杳冥冥：又幽深又昏暗。羌(qiāng)：语助词。　⑬神灵雨：神灵降下雨水。　⑭灵修：指神女。憺(dàn)：安乐。⑮晏：晚。华予：让我像花一样美丽。华，花。⑯三秀：芝草，一年开三次花，传说服食了能延年益寿。⑰磊磊：众多委积貌。⑱公子：也指神女。⑲杜若：香草。⑳然疑作：信疑交加。然，相信；作，起。㉑填填：雷声。㉒狖(yòu)：一种猴，黄黑色，尾巴很长。㉓离：同"罹"，遭受。

风飒飒兮木萧萧，思公子兮徒离忧。

【今译】

我这人啊，居住在那深山坳，薜荔披身，女萝系腰。含情脉脉，嫣然一笑，总会让你羡慕我的美丽窈窕。赤豹为我驾车，花狸随后奔跑，更有那辛夷木的大车上桂花扎起的彩旗迎风飘。我身披石兰之衣，系着那杜衡做的衣带，折取芳馨的花草赠送我的情人。我生活在幽密的竹林深处，终日不见青天，山径又险阻艰难，因此来得迟了一点。我孤身一人痴痴地站在高山之巅，云海茫茫飘荡在脚下边。山中幽深昏暗啊，白昼也很晦暗，东风劲吹，神灵降雨，倍感苦寒。我傻傻地等待着你来此欢聚，一往情深，却忘记踏上归程。等到红颜凋谢，如花的青春难再现？在那巫山之间，我采撷灵芝仙草，众多的山石堆叠，青青的葛藤绵绵。怨恨公子不来相会，我惆怅迷茫，忘记了回去的路。你未能赴约，或许是因为没有空闲。我这山中女子，像那杜若一样芳香高洁，饮那石泉之水，在松柏的荫庇下起居作息。你是迟迟未到，真让我对你的感情将信将疑。雷声隆隆，山雨朦朦，猿猴的啼叫划破夜空。冷飕飕的凉风让人发抖，萧萧的落叶敲打心头。我思念的公子啊，一场空等，又给我平添了多少忧愁！

【释义】

《山鬼》篇，是《九歌》中悲剧之最。诗人以丰富的想象、绚丽的文辞、细腻的笔法委婉曲折地再现了诗人(少女)的心态，感情缠绵，语言哀婉动人。一位美丽、率真、痴情的少女到偏僻的深山里去迎接山鬼，尽管道路艰难，她还是满怀喜悦地赶到了，可是山鬼却没有出现。风雨来了，她痴心地等待着，忘记了回家，但山鬼终于没有来；天色晚了，她回到住所，在风雨交加、万木悲鸣中，倍感伤心和哀怨。全诗将幻想与现实交织在一起，以人神结合的方法塑造了美丽的山鬼形象。少女的心情由满心喜悦，到哀怨绝望。险难的道路，狂风暴雨的险恶环境又具有烘托和象征作用。其实，稍加联想就会觉得：这些，都隐含着对楚王和佞臣的怨恨和鞭挞。山鬼的爱情强烈、固执、不顾一切，追求生命的美好，是一首爱情之歌，也是一曲人生理想之歌。《山鬼》与屈原伟大的人格，对理想的执著追求，对国家民族的深沉爱恋是息息相通的，山鬼是屈原心中的美神，是自我人格的化身。

忠诚于自己的职责

　　屈原作为楚国的上层统治阶级中的一员，国家的兴衰荣辱与他有着莫大的联系。尽管在政治上屡受挫折，屈原的人生观仍是积极入世的。他有很强烈的使命感与责任感，以国家兴亡为己任，与危害国家的言行进行着不懈的斗争。对祖国深挚的情感，对祖国高度的责任心，使屈原虽遭流放，但仍日夜惦念着楚国的朝政。苦难深重的祖国使他关心备至，虽然楚国已无他容身之地，而他却不愿意远离。"仆夫悲余马怀兮，蜷局顾而不行"。这充分表明屈原对楚国的感情是深沉而又炽热的，对自己的职责是一如既往的。在去则不忍、留又不能的情况下，屈原终于选择了以身殉国，尸谏楚王，力图使楚王最后醒悟，从而推动楚国的革新图强。屈原为楚国的富强奋战一生，直到生命的最后一息。他忠诚的爱国精神可与日月争光。

　　本单元选读的内容，试图从"职责"的角度阐释屈原的忠诚。

第一节　强烈的责任感

【原文】

帝高阳之苗裔兮①，朕皇考②曰伯庸。摄提贞于孟陬③兮，惟庚寅④吾以降。皇览揆余初度⑤兮，肇锡余以嘉名⑥。名余曰正则⑦兮，字余曰灵均⑧。

——《离骚》节选

注解

①帝：天神。高阳：相传是古代帝王颛(zhuān)项(xū)的称号。苗裔(yì)：后代。兮(xī)：语气词，相当于"啊"。　②朕(zhèn)：我。秦始皇以前，一般人均可用"朕"。皇：大。考：对亡父的尊称。

③摄提：摄提格的简称，寅年的别名。这年大概在公元前340年前后。贞：正当。孟：开端。陬(zōu)：夏历正月，又是寅月。《楚辞》都用夏历。　④惟：发语词。庚寅：纪日的干支。屈原正好生于寅年寅月寅日这个难得的吉日。　⑤皇：上文"皇考"的简称，是古代语言中略去主词而单独存留形容词的习惯用法。览：观察。揆(kuí)：度量。初度：初生时的气度。　⑥肇(zhào)：开始。锡：赐。嘉名：美名。古代贵族男孩一出生，便由父亲命名。　⑦正：平。则：法。正则：公正的法则，含"平"的意思。　⑧灵均：美好的平地，含"原"的意思，屈原名平字原。古人二十行冠礼，标志着已经成年，才有表字。

【今译】

我是帝王颛顼高阳的后代，我的已故的父亲名叫伯庸。太岁在寅那年的孟春正月，恰是庚寅之日我从天降生。先父看到我初降时的仪表，他便替我取下了相应的美名。给我本名叫正则，给我表字叫灵均。

【释义】

这是《离骚》开篇八句，作者先从自己的出生写起，这是一种回到"人之初"的精神原点的写法。"帝高阳之苗裔"的说法，表现的不仅是血统的高贵，而且也显示出一种民族文化认同。高阳，即颛顼，黄帝之孙，中华古史传说中著名的五帝之一。说是高阳氏的后裔，即是自觉将自己生命的意义，和楚宗族，和中华文明的命运密不可分地系结在一起，这是屈原的爱国主义和他刚正不阿人格的重要基础之一。接着写到的出生日期和命名经过，则进一步从信仰的角度，强调了自己天赋的纯正和家庭期待的统一。"正则"、"灵均"这两个名字，既可以看作是对他名"平"字"原"来历的说明，也可以看作是对一种家族期待和生命原则的阐释，这是他一切生命活动的出发点，也就是诗中所说的"内美"的最初根源。屈原具有强烈的爱国主义精神，因此其内美应侧重于忠贞而言，而与内在的美好品质(应也包含才干)相对应，取外在也有美好的姿容之意较好。这一切，从里到外表达的都是一种使命感和责任感。

【原文】

灵氛既告余以吉占①兮，历②吉日乎吾将行。折琼枝以为羞③兮，精琼爢以为粻④。为余驾飞龙⑤兮，杂瑶象⑥以为车。何离心之可同⑦兮，吾将远逝以自疏⑧。遭吾道⑨夫昆仑兮，路修远以周流⑩。扬云霓之晻蔼⑪兮，鸣玉鸾⑫之啾啾。朝发轫于天津⑬兮，夕余至乎西极⑭。凤凰翼其承旂⑮兮，高翱翔之翼翼⑯。忽吾行此流沙⑰兮，遵赤水而容与⑱。麾蛟龙使梁⑲津兮，诏西皇使涉予⑳。路修远以多艰兮，腾众车使径待^㉑。路不周^㉒以左转兮，指西海以为期^㉓。屯余车其千乘^㉔兮，齐玉轪而并弛^㉕。驾八龙之婉婉^㉖兮，载云旗之委蛇^㉗。抑志^㉘而弭节兮，神高驰之邈邈^㉙。奏九歌而舞韶^㉚兮，聊假日以媮乐^㉛。陟升皇之赫戏^㉜兮，忽临睨^㉝夫旧乡。仆夫悲余马怀^㉞兮，蜷局顾^㉟而不行。

——《离骚》节选

注解

①既：既然，已经。吉占：吉利的预言。　②历：挑选。
③羞(xiū)，同"馐"。精美的食品。　④精：捣碎。琼靡(mí)：玉屑。粻(zhāng)：粮。　⑤飞龙：即飞腾的长龙。
⑥瑶：玉石。象：象牙。　⑦何离心之可同：志不同道不和。
⑧自疏：自求疏远。　⑨邅(zhān)：转向。邅吾道：转道。
⑩周流：迂曲难行的样子。　⑪扬：举起。云霓：比喻旌旗。晻(ǎn)蔼(ǎi)：遮天蔽日的样子。　⑫鸾：马身上系的铃，多为鸾鸟形。玉鸾：玉制的鸾铃。　⑬天津：天河。
⑭西极：天的最西端。　⑮翼：这里做动词，张开翅膀。承：举着。旂(qí)，同"旗"。　⑯翼翼：整齐有节奏的样子。
⑰流沙：遥远的西方沙漠。　⑱赤水：神话中的水名，相传发扬于昆仑山。容与：从容。　⑲麾(huī)：指挥。梁：桥，这里做动词，架桥。　⑳诏：命令。西皇：西方的尊神，相传是古帝少昊(hào)。涉予：渡我过去。　㉑腾：吩咐。径待：径相侍卫。
㉒路：路过。不周：神话中的山名。　㉓西海：传说中最西边的海。期：目的地。　㉔屯：聚集。乘：原指四匹马拉

的车，这里是量词，辆。　㉕軑(dài)：车轴。　㉖婉婉：蜿蜒摆动的样子。　㉗委蛇：舒展，飘动。　㉘抑：停，止。志；同"帜"旗帜。　㉙神：思维。邈邈：遥远。　㉚韶：即《九韶》，相传是帝舜的舞乐。　㉛假：假借。娱乐；愉乐。　㉜陟(zhì)：升。皇；皇天。赫戏：光明。　㉝临睨(nì)：俯视。　㉞仆夫：仆人。怀；眷恋。　㉟蜷(quán)局(jú)：弯曲不申，表示退缩不前。顾；回顾，流连。

【今译】

灵氛已经告诉我占卜了一个吉利的卦象啊，选好了吉日我将远走他乡。折下玉树的嫩枝做成美味啊，捣碎玉屑作为点心干粮。我用飞龙替我驾车啊，车上装饰着美玉和象牙。离心离德的人如何同行啊，我将远走高飞离群索居。我把车子的方向转向昆仑山啊，道路遥远，我继续周游。云旗飞扬遮天蔽日啊，龙车的玉铃叮当作响。清晨从天河渡口发车启程啊，黄昏已来到天上极西的地方。凤凰展翅连接着云旗啊，它们节奏整齐高高飞翔。忽然我路经西方这片流沙啊，沿着赤水徘徊彷徨。指挥蛟龙在渡口架起桥梁啊，命令西皇将我渡过河流。道路漫长啊旅途又多艰，我传令众车护卫在两边。路过不周山再向左转弯啊，指定西海为大家会合的地点。我集结了千辆车啊，聚齐了车轮就并驾齐驱。八龙驾着我的车蜿蜒向前啊，车上的云霓之旗瑰丽舒展，我控制自己的感情停车不前啊，让神思高飞到无边无际的天边。奏响《九歌》跳起《韶》

舞啊，借这时光欢悦娱乐。初升的太阳光芒万丈啊，忽然往下看到了我可爱的故乡。仆人悲伤，我的马也怀恋难忘啊，蜷身顾首再也不愿奔走他乡。

【释义】

经过痛苦的思索，诗人认识到：既然党人陷害忠良，既然连自己苦心培养出来的人才也改变气节，那么"留楚求合"已毫无希望。因而诗人决心"远逝以自疏"。由天津到西极，涉流沙、过赤水、经不周、向西海，听《九歌》，看《舞韶》，姑且借此良辰而娱乐自慰。正当诗人飞升到光明灿烂的天宇时，"忽临睨夫旧乡"，这一下可不得了："仆夫悲余马怀兮，蜷局顾而不行"。故国的一草一木、山山水水都在吸引着他。以死报国。诗人又回到现实中来。诗人用拟人与衬托手法，极写仆夫之悲哀与余马之伤怀，以致都再也不愿前进了。但如果只是认为诗人知难而退，则误读屈原了。诗人内心的责任感，还是会让他负重前行，逆风飞扬！

【原文】

滔滔孟夏兮，草木莽莽。伤怀永哀兮，汩徂①南土。眴②兮杳杳，孔静幽默。郁结纡轸③兮，离愍而长鞠④。抚情效志兮，冤屈而自抑。刓方以为圜⑤兮，常度未替⑥。易初本迪⑦兮，君子所鄙。章画志⑧

墨兮，前图未改。内厚质正兮，大人所盛。巧倕不斫^⑨兮，孰察其拨正？玄文处幽兮，矇瞍谓之不章^⑩，离娄微睇^⑪兮，瞽^⑫以为无明。变白以为黑兮，倒上以为下。凤皇在笯^⑬兮，鸡鹜^⑭翔舞。同糅玉石兮，一概而相量。夫惟党人之鄙固兮，羌不知余之所臧^⑮。任重载盛兮，陷滞而不济。怀瑾握瑜^⑯兮，穷不知所示。邑犬群吠兮，吠所怪也。非俊疑杰兮，固庸态也。文质疏内兮，众不知余之异采。材朴委积^⑰兮，莫知余之所有。重仁袭义兮，谨厚以为丰。重华不可遌^⑱兮，孰知余之从容？古固有不并兮，岂知其何故？汤禹久远兮，邈^⑲而不可慕。惩违改忿兮，抑心而自强。离慜而不迁兮，愿志之有像。进路北次兮，日昧昧其将暮。舒忧娱哀兮，限之以大故^⑳。

注 解

①汩(gǔ)徂：急行。　②眴(shùn)：同"瞬"，看的意思。③纡(yū)轸(zhěn)：委屈而痛苦。　④离慜(mǐn)：遭忧患。鞠：困穷。　⑤刓(wán)方以为圜(yuán)：把方的削成圆的。刓(wán)，削。圜(yuán)，同"圆"。　⑥常度：正常的法则。替：废也。⑦易初：变易初心。本迪：变道。　⑧章：明也。志：记也。⑨倕(chuí)：人名，传说是尧时的巧匠。斫(zhuó)：砍，削。⑩矇(méng)瞍(sǒu)：瞎子。章：文采。　⑪离娄：传说中的人名，善视。睇(dì)：微视。　⑫瞽(gǔ)：瞎子。⑬笯(nú)：竹笼。⑭鹜：鸭子。⑮臧：同"藏"。指藏于胸中之抱负。⑯瑾瑜：均指美玉。　⑰委积：丢在一旁堆着。⑱遌(è)：遇⑲邈：遥远。⑳大故：死亡。

【原文】

乱曰：浩浩沅湘，分流汨㉑兮。修㉒路幽蔽，道远忽兮。曾吟
恒悲，永叹慨兮。世既莫吾知，人心不可谓兮。怀质抱情，独无
正兮。伯乐既没，骥焉程㉓兮？万民之生，各有所错㉔兮。定心广志，
余何畏惧兮？曾伤爰哀㉕，永叹喟兮。世溷浊莫吾知，人心不可谓
兮。知死不可让，愿勿爱㉖兮。明告君子，吾将以为类㉗兮。

——《怀沙》

注解

㉑汨：指水流很快的样子，或为水的急流声。　㉒修：长。
㉓焉：怎么，哪里。程：量也。　㉔错：同"措"，安排。　㉕曾：
同"增"。爰(yuán)哀：悲哀无休无止。　㉖爱：吝惜。　㉗类：
楷模，法。

【今译】

初夏的大地啊阳光普照，树木葱茏百草丰茂。我内心怀着深
沉的悲哀，匆匆踏上这南国的土地。遥远的前方啊，茫茫一片，
是那么肃穆，那么静谧。我愁肠百结，忧思难忘，我遭到患难和
痛苦啊，当然只能这样地困厄断肠。抚平我的伤口，反省我的志向，
又只好把难言的冤屈自己扛。方正的被刻削得圆滑了，我坚持正
常的法度永不投降。如果改变初衷，随波逐流，那是正直的君子

所鄙弃的。我再次阐明自己的原则——将矢志不渝坚持自己的理想。我内心的敦厚和品质的端正，自有那伟大的人物来肯定和表扬。巧匠倕还没有挥动斧头，谁能看得出它是否合乎正规？黑色的花纹放在幽暗的地方，盲人也会说它不漂亮。洞察秋毫的离娄一眼就可以看见的，瞎子什么没看见却偏要说什么目盲。把白的说成黑的啊，把高的弄成低的。凤凰关在笼子里，鸡鸭却舞蹈飞翔。石头和琼玉混在一起，有人拿来用一把尺子量。那些小人就是这般地鄙陋顽固啊，他们又怎能理解我心中美好的理想。我责任重大，担子不轻啊，却遭受疏远，不被重用。贤能的人虽然怀瑾握瑜，但被逐困厄又怎能显示于人。村里的狗群起狂叫，这是因为它们少见多怪。小人们非难和疑忌人才，这是他们庸夫俗子的本性张扬。我文质彬彬，表里如一，小人们当然不懂得我是人才。有用的人才就是这样被丢弃一旁，堆积起来受到掩埋，没有人知道我的价值所在。仁义的修养来自长年的积累，丰厚的道德让自己十分充实。如今很难遇到虞舜一样的圣人，有谁来赏识我这种人的风采？自古以来圣贤大都生不逢时，请问这究竟是什么道理？夏禹商汤都十分久远了啊，即使再怎样倾慕也不能让他们再来。警戒我的宿怨和愤恨，压抑我的情感让自己刚强。身遭不幸，只要我不变节，就会为后人留下榜样。回去吧，回北方的家乡去寻找归宿，（可是）时间已到了天色昏暗的时刻。姑且吐出我的悲哀，生命已到了尽头。尾声：浩浩荡荡的沅、湘之水啊，你日夜不息地奔流。漫长渺茫的旅程啊，不断地让我讴吟悲伤，永远地叹息凄凉。人世间上既已没有知己，又有何人可以商量。我质朴、真诚，有谁可以为我佐证。伯乐啊已经死了，又有谁把千里马品评？人生的命运哟，各有自己的定分。我气定神闲，志在天下苍生，还有什么值得畏惧？无休无止的悲伤啊，无穷无尽的叹息，世道浑浊，没有人了解我的衷情，人心难测，没有人可以听我的声音。我深知：死既然不可回避，我也只能不把自己的生命珍惜。我要呼告光明磊落的君子们记下心声：我将永远以先贤为榜样，奋力前行，直至生命的终点！

【释义】

　　一般认为，本诗是诗人的绝命词。诗人的与众不同之处在于：他没有将笔墨仅仅诉之于个人遭遇的不幸与感伤上，而是始终同理想抱负的实现与否相联系，希望以自身肉体的死亡来最后震撼民心，激励君主，唤起国民、国君精神上的觉醒，因而，诗篇在直抒胸臆之后，笔锋自然转到了对不能见容于时的原因与现状的叙述。随之出现的是一系列的形象比喻：或富理性色彩——"刓方为圜"、"章画志墨"、"巧倕不斫"——以标明自己坚持直道、不随世俗浮沉的节操；或通俗生动——"玄文处幽兮，蒙瞍谓之不章"、"离娄微睇兮，瞽以为无明"、"凤皇在笯兮，鸡鹜翔舞"——用大量生活中习见的例子作譬，以显示自己崇高的志向与追求；

这些比喻集中到一点，都旨在表述作者的清白、忠诚却不能见容于时，由此激发起读者的同情、理解与感慨，从而充实了作品丰厚的内在蕴含力，使之产生了强烈的感染力。毫无疑问，在诗人看来，悲哀是悲哀，理想是理想，决不能因为自己行将死去而悲痛至放弃毕生追求的理想，唯有以己身之一死而殉崇高理想，才是最完美、最圆满的结局，人虽会死去，而理想却永远不会消亡。这种矢志不渝、责无旁贷的精神值得赞扬。

第二节　上下求索的精神

【原文】

纷吾既有此内美①兮，又重之以修能②。扈江离与辟芷兮③，纫秋兰以为佩④。汩余若将不及兮⑤，恐年岁之不吾与⑥。朝搴阰之木兰兮⑦，夕揽洲之宿莽⑧。日月忽其不淹兮⑨，春与秋其代序⑩。惟草木之零落兮⑪，恐美人之迟暮⑫。不抚壮而弃秽兮⑬，何不改乎此度⑭？乘骐骥以驰骋兮⑮，来吾道夫先路⑯！

——《离骚》节选

注 解

①纷：盛貌，众多。内美：内在的本质的美。　②重（chóng）：加，再。修能：能，同"态"，姿态、姿容。修能，美好的容态。③扈（hù）：披，披服在身上。江离：离，同"蓠"，香草，生于江中，所以叫做"江离"，即蘼芜。辟：同"僻"，偏僻。芷：即白芷，香草。辟芷，生长在幽僻之处的芷草。　④纫：绳索。这里作动词用，贯串联缀。秋兰：香草，属菊科。多年生草本，高三四尺，全部有香气，秋天开淡紫色小花，所以叫做"秋兰"。佩：带。这里作名词用，指佩带在身上的香草。古代男女同样佩用，以祛除不祥，防止恶浊气味的侵袭。⑤汩（gǔ）：楚方言，水流疾的样子。这里是指时光如流水，过得飞快。不及：赶不上。　⑥不吾与：不与吾，不等待我。⑦搴（qiān）：拔取。阰（pí）：大的山坡。木兰：香木，辛夷的一种。花的形状似莲。　⑧揽：采摘。洲：水中的陆地。荪：香草名，即紫苏。宿莽：指冬天不枯的芥莽草。　⑨日月：指时光。忽：过得很快的样子。淹：久留。　⑩代序：轮换，即代谢。代，更。序，次。　⑪惟：思。与下句的"恐"对举成文。零落：飘零，坠落。　⑫美人：美，壮盛。美人，壮年的人。迟暮：年老。迟，晚。　⑬不："何不"的省略，为什么不。抚：循。壮：同"庄"，美盛，壮盛之年。弃：扬弃。秽：污秽的行为。抚壮：安抚楚国的民心士气，加以利用。弃秽：扬弃楚国腐化黑暗的政治法度，加以改革。　⑭改：更。此度：指现行的政治法度。⑮乘：策。骐骥：骏马。比喻有才能的人。贤臣。比喻任用贤才来治理国家。驰骋：（骑马）奔跑。　⑯来："来"字当为"道（导）"之助动词，而置于主语"吾"之前，形成了特殊的语言结构。以通常语言结构而言，应作"吾来道夫先路"。道：同"导"，引导。夫：语气助词。先路：前面的路。这里指"前驱"。

乘骐骥以驰骋兮，来吾道夫先路！

【今译】

我已经具有这样多内在的美德，又兼备外表的端丽姿容。身披芳香的江离和白芷，又编织秋天的兰花当花环。光阴似流水我怕追不上，岁月不等我令人心发慌；早上到山岭中把木兰摘，黄昏时又到洲渚把宿莽采。日月飞驰一刻也不停，阳春金秋轮流来执勤；想到草木的凋零陨落，我唯恐美人年衰老迈。为何不趁壮年摈弃恶行，（君王啊），为何不改变原先的法度？快乘上骐骥勇敢地驰骋，让我来为你在前方引路。

【释义】

屈原是一个惜时的人。"汨余若将不及兮，恐年岁之不吾与。"时间如流水般哗哗地往前淌，我赶也赶不上，怕的是时间不会等待我呀。时间飞逝而过，在这有限的时间里，屈原在忙些什么呢？"朝搴阰之木兰兮，夕揽洲之宿莽"。他很勤奋，早晚都在忙，早晨去攀折山下的木兰，傍晚去收揽水边的青藻。这里屈原用来比喻自己勤奋地学习，完善自己的品德。即使这样，屈原还是充满了对时间的感慨："日月忽其不淹兮，春与秋其代序。惟草木之零落兮，恐美人之迟暮。"因为春夏秋冬不断更替，日子一天天地过去，想到草木都在凋落，害怕自己也要老去。大凡对于时间有着深深感慨的人，都是一个积极的人。每一个惜时的人，都是热爱生命的人，都是有理想有抱负、希望有所成就的人。屈原就是这样一个珍惜时间、热爱生命、追求不止的人。

【原文】

女媭之婵媛①兮，申申其詈②予。曰："鲧婞直以亡③身兮，终然殀乎羽之野④。汝何博謇⑤而好兮，纷独有此姱节⑥？薋菉葹⑦以盈室兮，判独离而不服⑧。众不可户说⑨兮，孰云察余⑩之中情？世并举而好朋兮，夫何茕独而不予听⑪？"依前圣以节中⑫兮，喟凭心而历兹⑬。济沅湘以南征⑭兮，就重华而陈辞⑮：启⑯九辩与九歌兮，夏康娱以自纵⑰。不顾难以图⑱后兮，五子用矢乎家巷⑲。羿淫游佚畋⑳兮，又好射夫封狐㉑。固乱流其鲜终㉒兮，浞又贪夫厥家㉓。浇身被服强圉㉔兮，纵欲而不忍㉕。夏康娱而自忘㉖兮，厥首用夫颠陨㉗。夏桀之常违㉘兮，乃遂焉而逢殃㉙。后辛之菹醢㉚兮，殷宗㉛用而不长。汤禹俨而祗㉜敬兮，周论道而莫差㉝。

注解

①媭(xū)：楚人称女为媭。屈原之姐。婵媛：娇喘微微。②申申：狠狠地。詈(lì)：责骂。③鲧(gǔn)：人名，夏禹的父亲。婞(xìng)直：刚直。亡：同"忘"。④终然：终于。殀(yāo)：同"夭"，早死。羽之野，羽。⑤博：多，过多。謇

(jiǎn)：秉性忠直。　　⑥姱节：美好的节操。　　⑦资(zī)：堆积。菉(lù)、葹(shī)：都是恶草名，比喻谄佞小人。　　⑧判：区别。服：用。⑨众，指一般人。户说，一家一户地去解说。　　⑩余：复数代词，咱们。　　⑪世，指世俗之人。并举，相互抬举。朋，朋党，指营私结党。茕(qióng)，没有兄弟，孤独。予，女媭自称。不予听：即不听我的话。　　⑫节中：即折中，公正地判断是非曲直。⑬喟(kuì)，叹气的样子。凭心：愤懑之心。历兹：至今。⑭济：渡。沅、湘：都是水名，在今湖南。南征：南行。⑮重华：帝舜的字。陈辞：陈述自己的言语。　　⑯启：夏代帝王，禹的儿子。《九辨》《九歌》：相传是天上的乐章，被启偷到了人间。⑰夏：指启。康娱：安逸享乐。纵：放纵。⑱顾：念。难：祸难。图：图谋。　　⑲五子：即五观，启的幼子，曾据西河之地发动叛变。矢：衍文，多余的字。用乎：因而，于是乎。家巷：内乱。巷，同"鬨"(hòng)，争斗。　　⑳羿(yì)：古人名，传说是中国夏代有穷国的君主，善于射箭。亦称"后羿"、"夷羿"。淫：过度。佚(yì)：放荡。畋(tián)：打猎。㉑封狐：大狐。　　㉒乱流：胡作非为。鲜终：少有好结果。　　㉓浞(zhuó)：寒浞，相传为后羿相，使家臣逢蒙杀羿，并强占后羿的妻子。厥(jué)：其，他。家：指妻室。　　㉔浇：寒浞子。被服：同"披服"，披着衣服，引申有依仗负恃的意思。强圉(yǔ)：强壮多力。　　㉕不忍：不能节制。　　㉖自忘：忘掉自身的安危。　　㉗用夫：因此。颠陨：坠落。跌落。浇被少康所杀。　　㉘常违：经常违背正道。⑳遂：终究的意思。焉：于是。逢殃：遭祸。　　㉚后辛：即殷(yīn)纣王。菹(zū)醢(hǎi)：肉酱，这里作动词，指把人剁成肉酱。㉛宗：宗祀。㉜俨：小心，畏惧。祗：敬。㉝周：周朝。论道：讲究道义。莫差：没有过失。

【原文】

举贤而授能兮^㉞，徇绳墨而不颇^㉟。皇天无私阿^㊱兮，览民德焉错辅^㊲。夫维圣哲茂行^㊳兮，苟得用此下土^㊴。瞻前而顾后^㊵兮，相观民之计极^㊶。夫孰非义而可用^㊷兮，孰非善之可服^㊸？阽余身之危死^㊹兮，览^㊺余初其犹未悔。不量凿而正枘^㊻兮，固前脩以菹醢。曾歔欷余郁邑^㊼兮，哀朕时之不当^㊽。揽茹蕙以掩涕^㊾兮，沾余襟之浪浪^㊿。

——《离骚》节选

【今译】

姐姐连喘带说心情急切啊，絮絮叨叨地将我告诫。她说"伯鲧秉性刚直不顾自身啊，终于死在羽山之野。你为何爱直言喜高洁啊，你为何偏偏要坚持美好的品节？屋子里堆满了普普通通的花草啊，你却不肯佩带而与众有别。对众人的误解不能挨家逐户去解说啊，谁会将我们的本心详察关切？世人都在结党营私啊，你为何保持独立不听我的劝诫？""我遵循前代圣贤的榜样并无偏差啊，可叹的是历经磨难让人心寒。渡过湘江沅水我向南方前行啊，要找虞舜诉说我的真心：夏启从天上取来《九辩》、《九歌》啊，他就在寻欢作乐中放纵自身。看不到危难也不考虑后果啊，五个儿子因而内乱不停。后羿喜欢射猎漫无节制啊，又喜欢射死大狐来胡作非为。狂乱之辈本不会有好的结局啊，他的家臣寒浞又对他的妻子起了邪念。寒浞的儿子浇身强性暴啊，纵饮胡为不能节制。天天游乐忘了自身危险啊，终被少康砍了那脑袋。夏桀的行为违背常理啊，终于遭到了祸殃而垮台。殷纣把人剁成肉酱啊，殷朝因此不能久长。商汤、夏禹严谨而又恭敬啊，周代的贤王讲究治国之道谨慎恰当。皇天对人公正无私啊，看谁有德就给谁帮忙。圣明之人德盛行美啊，才得以享有疆土天下，治理四方。看一看前朝想一想后代啊，观察百姓在世上生活的要求和愿望。哪能让豺狼放羊啊，怎可叫恶人称王？即使我临近危险接近死亡啊，回顾当初的志向仍不后悔。不迁就插孔而削正榫头啊，前代的贤

人正因此而惨遭死难。"我感慨万千满腔忧郁啊，哀伤自己生不逢时。我拿来柔软的蕙草擦拭眼泪啊，热泪滚滚还是沾湿了衣衫。

【释义】

　　女媭对屈原的指责说明连亲人也不理解他，他的孤独是无与伦比的。由此引发出诗人向重华陈辞的情节。这是由现实社会向幻想世界的一个过渡。表现了诗人在政治上的努力挣扎与不断追求的顽强精神。虽然濒临危险，险些丧命，但回顾自己过去的所作所为，他并不后悔！其坚定的志向，坚守的态度，求索的精神，显现了其刚毅不屈的人格力量。

第三节　知难而进的态度

【原文】

　　悔相道之不察①兮，延伫乎吾将反②。回朕车以复路③，及行迷之④未远。步余马于兰皋⑤兮，驰椒丘且焉止息⑥。进不入以离尤⑦兮，退将复修吾初服⑧。制芰荷以为衣⑨兮，集芙蓉以为裳⑩。

不吾知其亦已⑪兮，苟余情其信⑫芳。高余冠之岌岌兮，长余佩之陆离⑬。芳与泽其杂糅⑭兮，唯昭质其犹未亏⑮。忽反顾以游目⑯兮，将往观乎四荒⑰。佩缤纷其繁饰⑱兮，芳菲菲其弥章⑲。民生各有所乐⑳兮，余独好修以为常㉑。虽体解㉒吾犹未变兮，岂余心之可惩㉓。

——《离骚》节选

注解

①相：看，视。察：仔细考察。　②延：久久。伫(zhù)：站立。反：同"返"。③朕(zhèn)：我，我的。秦始皇时起专用作皇帝自称。复路：回到原路。　④及：趁。行迷：迷途。之：而。　⑤步：徐行。兰皋(gāo)：长着兰草的水边高地。　⑥驰：马急行。椒丘：有椒树的山（香）丘。且：暂且。焉：在那儿。止息：停下来休息。　⑦进：进身于君主之前。不入：不为楚王所用。离：同"罹"，遭遇。尤：罪过。　⑧退：离去。初服：比喻原来的志趣。⑨制：裁制。芰(jì)荷：指菱。衣：上衣。　⑩集：集合，积聚。芙蓉：荷花。裳：下裙。　⑪不吾知："不知吾"的倒文，不理解我。其：语助词。已：罢了。　⑫苟：只要。信：确实。⑬高、长：形容词使动用法，使之高，使之长。岌(jí)岌：高耸的样子。陆离：修长的样子。　⑭芳：香草的芬芳。泽：佩玉的润泽。杂糅：糅合在一起。　⑮昭质：光明纯洁的品质。亏：污损。　⑯反顾：回头看。游目：纵目远望。　⑰四荒：四方荒远之地。　⑱佩：指佩戴的香草和饰玉。缤纷：纷多，繁。饰：繁盛的饰物。　⑲菲菲：香气勃勃。弥：更加。章：同"彰"，明显。　⑳民生：人生。乐：喜爱。　㉑常：常理。㉒体解：肢解。　㉓惩：惩戒，惩败。

【今译】

后悔选择道路未曾细察啊，我久久伫立而想返回。我掉转车子回到原来的道路啊，趁着在迷途上行走还没太远。我让我的马漫步在生有兰草的水边啊，又奔向长着椒树的小山休息流连。接近君王不成反遭责难啊，只好退回去重修德行以偿夙愿。用菱叶与荷叶制成上衣啊，又采集荷花瓣做成了下衣。没人欣赏我算不了什么啊，只要我的情操确实高尚。把我的花冠做得高高啊，使我的佩带结得长长。芳香与污垢混杂一起啊，唯有我洁白的品质还未受损伤。忽然回首纵目远望啊，我将游观遥远的四野八荒。服饰佩带丰富多彩啊，芬芳馥郁沁人心房。人们生来各有喜爱啊，只有我爱好美德习以为常。即使粉身碎骨我也不改变自己的初衷啊，难道我会因受到打击而放弃原先的志向。

【释义】

被罢黜之后，该怎么办？反省自己，是否没有看清道路。返回去呢？承着反省的思想，检查自己的进退。诗人最终肯定了自己的美好品质及政治主张。"苟余情其信芳"，"唯昭质其犹未亏"，信念更加坚定，为了寻求理想，"虽体解吾犹未变兮，岂余心之可惩"。一个洁身自好、自我完善的灵魂，走得更加坚定。这种知难而进的态度，激励着一代代仁人志士，为光明自由幸福的理想而斗争。

【原文】

乘鄂渚而反顾①兮，欸秋冬之绪风②。步余马兮山皋③，邸余车兮方林④。乘舲船余上沅⑤兮，齐吴榜以击汰⑥。船容与⑦而不进兮，淹回水而凝滞⑧。朝发枉陼⑨兮，夕宿辰阳⑩。苟余心其端直⑪兮，虽僻远之何伤⑫？

——《涉江》节选

注解

①乘：登上。鄂渚：地名，在今湖北武昌西。反顾：回头看。②欸(ǎi)：叹息声。绪风：余风。 ③步马：让马徐行。山皋：山冈。 ④邸(dǐ)：同"抵"，抵达，到。方林：地名。⑤舲船：有窗的小船。上：溯流而上。 ⑥齐：同时并举。吴：国名。一说，大。榜：船桨。汰：水波。 ⑦容与：缓慢，舒缓。⑧淹：停留。回水：回旋的水。 ⑨陼(zhǔ)：同"渚"。枉陼：地名，在今湖南常德一带。 ⑩辰阳：地名。 ⑪苟：如果。端：正。⑫伤：损害。

【今译】

(告别故土，离开水路)我登上鄂渚的山岗，回头张望，满腹惆怅，唉！那冬末的残风在瑟瑟作响。松开我的马缰，让它漫步山岗，停下我的车儿，让它在方林等待。乘坐窗明几净的小船，沿着沅江溯流而上，船夫们合力举起双桨。船儿啊！在漩涡里打转，(怎么会像人儿一样)徘徊彷徨。清晨我从枉陼出发，傍晚我寄宿在辰阳。只要我的内心正直坦荡，地方再偏远些又有何妨？

【释义】

本段屈原写自己流放途中的经历和自己的感慨。通过行程、景物、季节、气候的描写和诗人心灵思想的抒发，我们仿佛看到了一位饱经沧桑、孤立无助、频频回顾的老者形象；又仿佛看到了一叶扁舟在急流漩涡中艰难前进，舟中逐臣的心绪正与这小船的遭遇一样，汹涌澎湃。上溯行舟，船在逆水与漩涡中艰难行进，尽管船工齐心协力，用桨击水，但船却停滞不动，很难前进，此情此景不正是诗人自己处境和心情的象征吗？挫而弥坚，愈挫愈勇，执著前行。他坚信自己的志向是正确的，内心是忠诚的，是无私的，无论怎样的艰难困苦，自己都将奔向前方。正所谓：既然选择了地平线，留给世界的只能是背影。

【原文】

屈原既放^①，三年不得复见^②。竭知尽忠，而蔽障^③于谗。心烦虑乱，不知所从。乃往见太卜^④郑詹尹曰："余有所疑，愿因^⑤先生决之。"詹尹乃端策拂龟^⑥曰："君将何以教之？"

苟余心其端直兮，虽僻远之何伤？

　　屈原曰："吾宁悃悃款款[7]朴以忠乎？将送往劳来[8]斯无穷乎？宁诛锄草茅以力耕乎？将游大人[9]以成名乎？宁正言不讳以危身乎？将从俗富贵以偷生[10]乎？宁超然高举以保真[11]乎？将呢訾栗斯、喔咿儒儿以事妇人[12]乎？宁廉洁正直以自清乎？将突梯滑稽、如脂如韦以洁楹[13]乎？宁昂昂[14]若千里之驹乎？将泛泛若水中之凫[15]，与波上下，偷以全吾躯乎？宁与骐骥亢轭[16]乎？将随驽马[17]之迹乎？宁与黄鹄[18]比翼乎？将与鸡鹜[19]争食乎？此孰吉孰凶？何去何从？世溷浊[20]而不清！蝉翼为重，千钧[21]为轻；黄钟[22]毁弃，瓦釜[23]雷鸣；谗人高张[24]，贤士无名。吁嗟默默兮，谁知吾之廉贞？"

　　詹尹乃释策而谢[25]曰："夫尺有所短，寸有所长；物有所不足，智有所不明；数有所不逮[26]，神有所不同。用君之心，行君之意，龟策诚不能知此事。"

——《卜居》

注解

①放：放逐。　②复见：指再见到楚王。　③蔽障：遮蔽、阻挠。　④太卜：掌管卜(bǔ)筮(shì)的官。　⑤因：凭借。　⑥端策：数计蓍(shì)草；端，数。拂龟：拂去龟壳上的灰尘。　⑦悃(kǔn)悃款款：诚实勤恳的样子。　⑧送往劳来：送往迎来。劳：慰劳。　⑨大人：指达官贵人。　⑩偷生：贪生。　⑪超然：高超的样子。高举：远走高飞。保真：保全真实的本性。

⑫趑(zú)趄(zī)：想前进又不敢的样子。栗斯：与"趑趄"同义。嗫嚅：想说话又不敢的样子。儒儿：与"嗫嚅"同义。妇人：指楚怀王的宠姬郑袖。　⑬突梯：圆滑的样子。滑(gǔ)稽：一种能转注吐酒、终日不竭的酒器，后借以指应付无穷、善于迎合别人。如脂如韦：谓像油脂一样光滑，像熟牛皮一样柔软，善于应付环境。洁楹：度量屋柱，顺圆而转，形容处世的圆滑随俗。　⑭昂昂：昂首挺胸、堂堂正正的样子。　⑮泛泛：漂浮不定的样子。凫(fú)：水鸟，即野鸭。　⑯亢轭(è)：并驾而行。亢，同"伉"，并。轭，车辕前端的横木。　⑰驽(nú)马：劣马。　⑱黄鹄：天鹅。　⑲鹜(wù)：鸭子。　⑳溷(hùn)浊：肮脏、污浊。　㉑千钧：代表最重的东西。古制三十斤为一钧。　㉒黄钟：古乐中十二律之一，是最响最宏大的声调。这里指声调合于黄钟律的大钟。　㉓瓦釜：陶制的锅。这里代表鄙俗音乐。　㉔高张：指坏人气焰嚣张，趾高气扬。　㉕谢：辞谢，拒绝。　㉖数：卦数。逮：及。

【今译】

屈原已经被放逐了，三年还不能赦罪召回见到楚王。他尽心竭力为国尽忠，却被小人谗言所掩蔽阻挠，心情烦闷，思虑混乱，不知如何是好。于是前去拜访太卜郑詹尹，说："我对一些事情犹疑不决，希望先生能为我做个决定。"詹尹于是摆正筮草，拭净龟甲，说："先生有何见教？"屈原说："我该老老实实，守分尽忠呢，还是逢迎世俗，没有止境呢？我该割除茅草，用气力耕种维生呢，还是与权贵交往，以求取名声呢？宁可说话正直不隐晦，以至于危害自身的安全呢，还是顺从世俗求取富贵，苟全生命呢？应该离世隐居以保持质朴天真的本性呢，还是畏畏缩缩，强颜欢笑来侍奉妇人呢？应该廉洁正直，自保纯洁呢，还是要像油脂、熟牛皮那样圆滑世故，像楹柱那般迎合他人呢？宁可像千里马那般气势高昂呢，还是该像在水中的野鸭一样，随波上下苟且保全身躯呢？该与良马并驾齐驱，还是要跟随劣马的脚步？该与黄鹄比翼同飞，还是与鸡鸭争抢饲料？以上所说，哪些是吉利的，哪些是凶险的呢？什么该做，什么不该做呢？现在世间浑浊不清，认为蝉翼较重，反说千钧较轻；雅乐用的黄钟被破坏丢弃，瓦釜之类的俗音却被敲得有如雷响一般；好说谗言的小人气焰嚣张，贤能的才士反而默默无闻。我默默地悲叹着，有谁能了解我的廉洁忠贞？"詹尹放下筮草而辞谢说："尺虽长，有时却嫌它短；寸虽短，有时还觉得它长。事物不一定十全十美，智慧也有无法洞察的地方；占卜之事也有做不到的，神灵也有不能通达的时候。请用您的理想行使您的意愿吧，占卜实在不能知道什么！"

【释义】

寓诗人的选择倾向于褒贬分明的形象描摹之中，而以两疑之问发之，是《卜居》抒写情感的最为奇崛和独特之处。正因为如此，此文所展示的屈原心灵，就并非是他对人生道路、处世哲学上的真正疑惑，而恰是他在世道混浊、是非颠倒中，铮铮风骨的傲然独放。《卜居》所展示的人生道路的严峻选择，不只屈原面对过，后世的无数志士仁人都曾面对过。即使在今天，这样的选择虽然随时代的变化而改换了内容，但它所体现的不坠于时俗、不沉于物欲的伟大抗争精神，却历久而弥新，依然富于鼓舞和感染力量。从这个意义上说，读一读《卜居》无疑会有很大的人生启迪：它将引导人们摆脱卑琐和庸俗，而气宇轩昂地追求人生的壮奇和崇高。

【原文】

昔余梦登天兮，魂中道而无杭[①]。吾使厉神[②]占之兮，曰有志极而无旁[③]。终危独以离异兮，曰君可思而不可恃。故众口其铄金[④]兮，初若是而逢殆[⑤]。惩热羹而吹齑[⑥]兮，何不变此志也？欲释[⑦]阶而登天兮，犹有曩[⑧]之态也。众骇遽[⑨]以离心兮，又何以为此伴[⑩]也？同极而异路兮，又何以为此援也？晋申生[⑪]之孝子兮，父信谗而不好[⑫]。行婞直而不豫[⑬]兮，鲧功用而不就[⑭]。吾闻作忠以造怨[⑮]兮，忽谓之过言[⑯]。九折臂[⑰]而成医兮，吾至今而知其信然。矰弋机[⑱]而在上兮，罻罗张[⑲]而在下。设张辟以娱君[⑳]兮，愿侧身[㉑]而无所。欲儃佪以干傺[㉒]兮，恐重患而离尤[㉓]。

欲高飞而远集^㉔兮，君罔谓汝何之^㉕。欲横奔而失路^㉖兮，坚志而不忍。背膺牉^㉗以交痛兮，心郁结而纡轸^㉘。捣木兰以矫^㉙蕙兮，鑿^㉚申椒以为粮。播江离与滋^㉛菊兮，原春日以为糗^㉜芳。恐情质^㉝之不信兮，故重^㉞著以自明。矫兹媚以私处^㉟兮，愿曾思而远身^㊱。

——《惜诵》节选

注　解

①无杭：彷徨。　②厉神：灵神，为人们占梦的灵巫。
③志极：中正之道。旁：指偏颇之行。　④众口铄金：众人的言论能够熔化金属。喻众口同声可混淆视听。　⑤若是：如此。殆：危险。　⑥惩：戒。羹：汤。齑(jī)：切成细末的菜，是冷食品。　⑦释：置。　⑧曩(nǎng)：往昔。　⑨骇遽：惊惧。
⑩伴：跋(bá)扈(hù)。　⑪申生：晋献公的太子。
⑫信谗：晋献公听信后妻骊姬谗言，申生被迫自杀。好：爱。
⑬婞(xìng)直：刚直。豫：逸豫，引申为宽和。　⑭鲧(gǔn)：禹的父亲。功用而不就：指鲧因为治水不成，被舜所杀。
⑮作忠：作忠臣。造怨：招来嫉怨。　⑯忽：忽略。过言：夸大其辞的言论。　⑰九折臂：九，虚数，意为经验多了，可成良医。　⑱矰(zēng)弋(yì)：带绳线发射的箭。机：弩机，此处作动词用，指张机待发。　⑲罻(wèi)罗：捕鸟的网。张：张设。
⑳张辟：捕捉鸟兽的工具，一说为弩身。娱：同"虞"，欺骗。
㉑侧身：侧身远避。　㉒儃(chán)佪(huái)：徘徊。干俿(chì)：干进、求进。　㉓重患：增加祸患。离：遭。尤：过。　㉔集：止集。　㉕罔谓：无谓，岂不会说。之：往。　㉖横奔而失路：

放开脚步奔行而迷失道路。　⑳膺(yīng)：胸。胖(pàn)：分。
㉘纡(yū)：萦绕。轸(zhěn)：痛。　㉙矫：揉。　㉚凿(zuò)：舂，
捣碎。　㉛滋：同"莳(shí)"，栽、种。　㉜糗(qiǔ)：干粮。
㉝情质：情之所钟。　㉞重：郑重。　㉟矫：举。媚：好。私处：
自处。　㊱曾思：反复思量。远身：隐身远去。

【今译】

从前我曾梦见自己来到了天庭，行至半路我的灵魂却彷徨不
前。我让主管杀罚的厉神为我占梦，占词说："你有中正之道而无
偏颇之行，结果却因特立独行遭遇悲情。"他说："国君可思念而
不可仰仗。众口诋毁会把金子熔化，你就是这样而遭到了祸殃。
见了滚烫的汤都要吹气让它凉，你为什么不改变你的主张？想找
个梯子爬到天上去，这仍是你先前的老模样。众人惊骇你的作为
把你攻击，你又能用什么来对付这些跋扈之人？侍奉君王的目的
相同方法却大不一样，你又能用什么来对付这些跋扈之臣？晋太
子申生本来非常孝顺，父亲听信谗言就对他心生厌恶。行为刚直
而不能宽厚平和，鲧治水的功业就永远没法完成。"我曾听说做忠
臣一定会招来嫉怨，心怀轻慢的人常常言过其实。多次手臂骨折
自己也能成良医，我如今才知道确有此事。他们把短箭装好对着
天空，他们把网子张开对着地头。设置圈套来欺骗国君，我想侧

背膺牉以交痛兮，心郁结而纡轸。

身让开也无处躲避。想苦苦等待一下以求进用，却又怕增加祸患还要遭罪。想远走高飞找到自己的土地，国君岂不又会说你为何要走？想迈开大步不管方向自己奔走，但又不忍违背初衷迷失道路而随波逐流。好似背与胸被剖开前后都疼，内心郁结而隐隐作痛。我要捣碎木兰并揉碎蕙草，拿精磨好的大椒充饥填饱。播种江离培植菊花，希望到了春天作喷喷香的干粮。恐怕自己的愿望只是一厢情愿，终不被信任，所以我要郑重表明自己的心意。昭示了这些美德而守正独处，愿（君王）反复思量（我）引身远去。

【释义】

选段内容，是占梦者对屈原的劝告。诗人遭谗被疏，竟无容身之地，真是左右为难。在这样的形势下，屈原为自己设想了三条出路：一是僮佪，即逗留、等待，但这样唯恐再遭忧患；二是高飞远集，即远适他国，但到底去哪个国家呢？三是"横奔而失路"，即与坏人们同流合污。但这三条路，选择任何一条都是十分不理想的。他是一个纯粹的忠君者，这使诗人"背膺牂以交痛兮，心郁结而纡轸"。生命的独特决定了道路的独特，即便重新设计自己的生活，又能怎样？心理障碍，理想冲突，还有其他，这一切无法脱身，无法挣脱。这三条路都是不好走的呀，考虑再三的结果，还是另选其他的道路。"捣木兰以矫蕙兮"八句，用比喻之意，说自己还是保持自己美好的品德，远离这复杂肮脏的社会，快然独处吧！诗人说他一再地追索，一再地念想，其实只为了一种自我申明，为了独守，为了在一种深思熟虑的状态下洁身自爱，块然地知难而进。

忠诚于自己的国家

　　个人的爱国主义思想往往是从爱乡土而发展起来的。在屈原的时代，朝秦暮楚，无可厚非，但是热爱故乡，为祖国的富强而奋斗，则更为高尚，而且屈原不仅仅热爱故土，更热爱故乡的人民，同情他们，关心他们的命运，与他们息息与共。在屈原的诗歌当中，他常常写到"民"，写到"百姓"这两个词，他不愧为一位伟大的人民的诗人。屈原的时代，人们把对祖国的忠诚变为对国君的忠诚，因为他们认为忠君就是爱国，所以屈原说，"岂余身之惮殃兮，恐皇舆之败绩"，皇舆，就是国家的象征。屈原渴望楚国富强起来，是希望振兴楚国，统一中国。屈原自称是高阳帝颛顼的后代。他的爱国主义，是把热爱楚国与热爱整个华夏民族统一起来的。

　　本单元选读的内容，试图从忠君、爱民、爱故土的角度来阐释屈原的忠诚爱国之心。

第一节 忠于国君

【原文】

昔三后之纯粹①兮，固众芳②之所在。杂申椒与菌桂③兮，岂维纫夫蕙茝④。彼尧舜之耿介⑤兮，既遵道而得路⑥。何桀纣之猖披⑦兮，夫唯捷径⑧以窘步！惟夫党人之偷乐⑨兮，路幽昧以险隘⑩。岂余身之惮⑪殃兮，恐皇舆之败绩⑫。忽奔走以先后⑬兮，及前王之踵武⑭。荃不察余之中情⑮兮，反信谗而齌怒⑯。余固知謇謇⑰之为患兮，忍而不能舍⑱也。指九天以为正⑲兮，夫唯灵修⑳之故也。曰黄昏㉑以为期兮，羌㉒中道而改路。初既与余成言㉓兮，后悔遁而有他㉔。余既不难乎离别兮㉕，伤灵修之数化㉖。

——《离骚》节选

注解

①三后：指禹、汤、文王。后，君王。纯粹：这里指德行精美无疵。
②众芳：喻群贤。　③申椒(jiāo)：申地所产之椒。香木名，即大椒。
菌桂(jūn)：香木名。　④蕙(huì)茝(chǎi)：蕙与茝，皆香草名。
⑤耿介：光明正大。耿，光明。介，大。　⑥得路：使得大路畅通。
⑦猖披：衣不束带的样子，引申为狂乱放纵貌。　⑧捷：邪出。
径：小道。　⑨党人：结党营私的小人。偷乐：苟且贪图享乐。
⑩路：指国家的前途。幽昧(mèi)：昏暗不明。险隘：危险狭隘。
⑪惮(dàn)：怕，畏惧。　⑫皇舆(yú)：国君所乘的高大车子，
多借指王朝或国君。败绩：打了败仗；溃败；失败的记录。　⑬忽：
匆忙的样子。先后：跑前跑后。　⑭踵武(zhǒng)：踩着前人
的足迹走，比喻效法或继承前人的事业。踵，脚后跟。武，足迹。
⑮荃(quán)：古书上说的一种香草，亦用以喻国君。中情：内心。
⑯齌(jì)怒：疾怒，暴怒。　⑰謇(jiǎn)謇：忠贞，正直。　⑱舍：
止，停。　⑲九天：古人认为天有九重，最高之天。正，同"证"，
作证。　⑳灵修：神明、有远见的人，喻楚怀王。灵，神明。修，
远。　㉑黄昏：古代婚礼举行于黄昏之时，新郎须往新娘家迎亲。
㉒羌(qiāng)：楚辞中所特有的语气词。　㉓成言：彼此约定的话。
㉔悔遁：后悔而回避，指心意改变。有他：有其他打算。　㉕难：
为难。　㉖数(shuò)化：屡次变化，主意摇摆不定。

【今译】

当初我三王德行纯洁无瑕，众多的贤才济济一堂。香草、申
椒和菌桂簇拥身旁，何曾仅仅是蕙草白芷戴身上？圣王尧舜是那

么光明耿直，遵循着正道找到了治国的方向。昏君桀纣如此放纵荒唐，只因走邪路而寸步难行。那些结党营私者贪图享乐，政治昏暗国家前途暗淡无光。我难道是害怕自身遭受灾殃，我担心的是社稷将要覆亡。我匆匆奔走在君王的身旁，为的是让他赶上那圣明先王的步伐。君王不体察我这一片忠心，反听信小人谗言怒气大发。我本知忠言逆耳会惹祸端，但无法放弃，不能割舍，独自神伤。指着九重天宇，呼唤它为我作证啊，确实只是为君王我才如此倔强。君王当初本来已经同我有约定，后来不久却反悔另有主张。离开朝廷我并不感到为难，我伤心的是君王反复无常。

【释义】

屈原借古讽今，用司马迁的话来说："上称帝喾，下道齐桓，中述汤、武，以刺世事。"他以硬碰硬，缺乏迂回的方法，缺乏明哲保身的意识，面对当时的局势，屈原抒发了其诗人的激情，抨击当权者，这给他一生悲剧命运埋下了伏笔，为此他付出了悲惨代价。因此后人说屈原是一个政治家，但不是一个成熟的政治家。为什么上官大夫诬告他居功自傲时，楚怀王一下子就相信呢？屈原平时给人的印象，就是表露在外的满脸的肃杀傲气、刚直不阿。忠诚，是一种义薄云天的壮举；宁折不弯，是要付出代价的，这就是屈原给我们的一种启示。

【原文】

皇天集命，惟何戒之？受礼①天下，又使至代之。初汤臣挚②，后兹承辅。何卒官③汤，尊食宗绪④？勋阖梦生⑤，少离散亡⑥。何壮武厉⑦，能流厥严⑧？彭铿斟雉⑨，帝⑩何飨？受寿永⑪多，夫何长？中央共牧⑫，后何怒？蠭蛾⑬微命，力何固？惊女采薇⑭，鹿何祐？北至回水⑮，萃⑯何喜？兄⑰有噬犬，弟⑱何欲？易之以百两⑲，卒无禄⑳。薄暮㉑雷电，归何忧？厥严不奉㉒，帝何求？伏匿穴处，爰何云？荆勋作师㉓，夫何先？悟过改更，我又何言？吴光争国㉔，久余是胜㉕。何环穿自闾社㉖丘陵，爰出子文㉗。吾告堵敖㉘以不长。何试上自予㉙，忠名弥彰？

——《天问》节选

注解

①受：纣之名。礼：理。　②挚：商汤时的贤臣伊尹。　③官：疑为"追"字之讹。　④尊食：受到尊敬享受庙食。宗绪：宗庙。　⑤阖(hé)：吴王阖庐。梦：吴王寿梦，阖庐的祖父。生：孙。　⑥散亡：指阖庐初不得立，流亡在外。　⑦壮：壮年。武厉：英武勇猛。　⑧流：行。严："庄"之借字。　⑨彭铿：即彭祖，传说中寿命长达八百岁的人。斟(zhēn)雉(zhì)：用野鸡作羹。　⑩帝：指帝尧。　⑪永：长。　⑫共牧：共同治理。　⑬蠭(fēng)蛾：起义的国人。　⑭惊女：此句与下句问伯夷、叔齐隐首阳山之事。　⑮回水：指首阳山下河曲之水。　⑯萃：

聚集，指伯夷、叔齐两兄弟在一起。　⑰兄：指春秋时秦国君主秦景公。　⑱弟：指秦景公之弟鍼。　⑲两：同"辆"。百两，百辆马车。　⑳禄：爵禄，禄米。秦景公不肯给其弟鍼（zhēn）猛犬，鍼用百辆车去换，秦景公仍然不肯，后鍼逃奔晋国，失去爵禄。　㉑薄暮：傍晚。　㉒厥严不奉：家国的庄严已不存在。厥，指代国家。　㉓荆勋作师：楚国的勋旧都殉国死于军中。作，同"殉"。　㉔吴光：吴国公子光。争国：指吴公子光杀王僚争得吴国王位。　㉕久余是胜：指吴公子光夺取吴国王位之后，连年作战，屡败楚师。余，我，指楚国。　㉖闾：闾里。社：里社。古时二十五家为里，里各立社。　㉗子文：楚国令尹。　㉘堵敖：楚国的贤者。　㉙试：诚。上：君主。自予：自许。

【今译】

老天既然让殷商接受天命，为何就不能让他们受戒明白？纣王既已统治天下，为何又被他人取代？起初被视作小臣的伊尹，后来竟做了辅政宰相。为何最终上追汤王，受到尊敬在宗庙祭享？战功显赫的吴王阖庐，少年遭受过流亡之苦。为何壮年奋发勇武，能使他声名赫赫，威严远布？彭祖烹调雉鸡之汤，为何帝尧喜欢品尝？他延年益寿身体健康，为何福分那么久长？占据中原治理四方，列国君主为何发狂？蜂蛾生命原本微贱，自卫力量为何如此坚强？伯夷、叔齐首阳山采薇，民女之言让他们惊醒，白鹿为何庇佑这两兄弟？北行来到回水之地，一起饿死有何可喜？哥哥

（秦景公）自会善养猛犬，弟弟（鍼）又打什么主意？一百辆车去换一条狗，最终不成反失去地位。傍晚时分电闪雷鸣，想要归去有何担忧？国家庄严不复存在，对着老天有何祈求？伏身藏匿洞穴之中，还有什么事情要申诉？楚国有功勋的老臣都殉国身亡，国运如何能够久长？悔悟过失改正错误，我还有什么事情可以好讲？吴王阖庐与楚国打仗，我们屡战屡败让人感伤！走过乡村穿过丘陵，为何生出令尹子文？我曾告诉贤者堵敖，楚国将衰不能久长。为何自告奋勇告诚君王，忠义之名欲更显扬？

【释义】

屈原对历史问题的关注，其核心的疑问在于"皇天集命，惟何戒之？受礼天下，又使至代之？"意思是，上天既然授命一个君王治理天下，为什么又要用别人取代他？这个问题的潜台词是，楚国君王受命管理楚国这片土地，已经有许多年了，难道现在是皇天要让别人（秦国）来取代楚王了吗？因此，屈原在《天问》的尾声，近乎绝望地说："厥严不逢，帝何求？"意思是，楚国的江河日下已经难以挽回了，我对上天还能再要求什么呢？也就是说，屈原对祭祀巫术在保佑楚国的作用问题上，已经彻底地丧失了信心。有鉴于此，我们也就不难理解，为什么楚顷襄王兄弟在读到《天问》后，会如此地震怒，一定要把屈原放逐江南而后快。这是因为，屈原作为楚国的主祭师，如果他的宗教信仰产生了动摇，显然会严重威胁到楚顷襄王的统治权，因此也就不能再继续担任三间大夫之职了。这是忠烈之士的绝望的呐喊。

【原文】

心郁郁①之忧思兮，独永叹乎增伤②。思蹇产③之不释兮，曼④遭夜之方长。悲秋风之动容兮，何回极⑤之浮浮！数惟荪⑥之多怒兮，伤余心之忧忧⑦。愿摇起而横奔兮，览民尤⑧以自镇。结微情以陈词兮，矫以遗夫美人⑨。昔君与我成言⑩兮，曰黄昏以为期。羌中道而回畔⑪兮，反既有此他志⑫。憍⑬吾以其美好兮，览余以其修姱⑭。与余言而不信兮，盖⑮为余而造怒。愿承间⑯而自察兮，心震悼⑰而不敢。悲夷犹而冀进⑱兮，心怛伤之憺憺⑲。兹历⑳情以陈辞兮，荪详㉑聋而不闻。固切人㉒之不媚兮，众果以我为患。初吾所陈之耿著㉓兮，岂至今其庸亡㉔？何毒药之謇謇㉕兮？原荪美之可完。望三五㉖以为像兮，指彭咸以为仪㉗。夫何极而不至兮，故远闻而难亏。善不由外来兮，名不可以虚作。孰无施而有报兮，孰不实而有获？少歌曰：与美人抽思兮，并日夜而无正。憍吾以其美好兮，敖朕㉘辞而不听。

——《抽思》节选

注解

①郁郁：忧伤郁结。　②永叹：长叹。增伤：加倍忧伤。
③蹇(jiǎn)产：曲折。　④曼：长的样子。　⑤回极：指风的动态。回，回旋；极，至也。　⑥数(shuò)惟：屡次想到。荪(sūn)：一种香草，这里比喻怀王。　⑦忧忧：忧愁。
⑧尤：同"疣"，病痛。　⑨矫：举。美人：指怀王。　⑩成言：彼此说定的话。　⑪羌：句首语气词。回畔：中途转折，这里有反悔之意。　⑫他志：别的主意与打算。　⑬憍(jiāo)：同"骄"。　⑭览：炫示。修姱：美好。　⑮盖：同"盍"，为什么。　⑯间：空隙。　⑰震悼：恐惧。　⑱夷犹：犹豫。冀进：希望靠拢君主。　⑲怛(dá)：伤痛。惨(dàn)惨：言心情动荡不安。　⑳兹：此。历：列举。　㉑详：同"佯"，假装。㉒切人：恳切、直切的人。　㉓耿著：明白。　㉔庸亡：庸，遽；亡，忘。　㉕毒：同"独"。药：乐(yào)，喜爱。謇(jiǎn)謇：忠贞的样子。　㉖三五：指三王五伯，或指三皇五帝。　㉗仪：法则。　㉘敖：同"傲"。朕：我。

【今译】

　　我心中郁闷，忧思不断，我独自长叹，悲伤无限！愁思纠缠舒展不开啊，彻夜不眠，长夜漫漫！悲苦的秋风凄厉呼啸，连北极星也被吹得动摇！多少次一想起了君王的喜怒无常，我的心中就会充满痛苦哀伤！我真想一走了之，奔向他方，可见到人民遭罪，我又镇定自忍。让我把微薄的情思编成诗句，双手奉赠给您啊，我的君王！您早先已经与我说定，在黄昏时候我们见面。谁料想你却中途反悔，因为你已另有主张。您把自己的美好向我夸耀，您常向我显示你花容月貌。您与我有言在先而不守信呀，为什么还要怪我，对我怒吼暴跳？让我借此空闲作一番表白吧，但我心中震恐，又不敢张嘴。在悲哀犹豫中，我仍希望向你进言啊，心中的惨痛却又使我踌躇不前！我向你陈述衷情，君王你还装聋作哑，不愿听我讲。正直刚毅的人不会谄媚，却被小人们当作他们的眼中钉。我当初的陈辞有凭有据，难道你如今已经遗忘？为什么我偏爱忠贞直言呢，君王，我是希望您的美德能普照四方！我把那三王五霸作为你的楷模，我指那彭咸作为自己的榜样。没有什么至高的准则难以达到，他们的声誉将永难损伤。美的德行不是从外面能敷上，好的名声更不能靠作假宣扬。谁能不施与就得到回报，谁能不播种就有收获？小歌：我为美人唱出我内心的思绪，从白天到黑夜，也难以证实我的想法。美人总是骄矜着自己的姿态，傲然不听我倾诉衷肠。

【释义】

抽思，表白自己的心思。这部分作者写自己与君不合、劝谏无望而生的忧思之情。诗篇先从比喻入手，描述了诗人的忧思之重犹如处于漫漫长夜之中，曲折纠缠而难以解开，由此自然联系到了自然界——"谓秋风起而草木变色也"(朱熹语)；继而写到了楚怀王，由于他的多次迁怒，而使诗人倍增忧愁，虽有一片赤诚之心，却仍无济于事，反而是怀王多次悔约，不能以诚待之。诗人试图再次表白自己希冀靠拢君王，却不料屡遭谗言，其心情自不言而喻——"震悼"、"憯憯"，一系列刻画内心痛苦词语的运用，细致入微地表现了诗人的忠诚与不被理解的窘迫。"望三五以为像兮，指彭咸以为仪"，"善不由外来兮，名不可以虚作"，这一番表露，既是真诚的内心剖白，也是寄寓深邃哲理、予人启迪的警策之句，赋予诗章以理性色彩。理性表白的忠诚，比空洞的感情呼喊更有打动人的力量。

【原文】

惜诵以致愍^①兮，发愤以抒情。所作忠^②而言之兮，指苍天以为正。令五帝以析中^③兮，戒六神与向服^④。俾山川以备御^⑤兮，命咎繇使听直^⑥。竭忠诚以事君兮，反离群而赘肬^⑦。忘儇^⑧媚以背众兮，待明君其知之。言与行其可迹兮，情与貌其不变。故相臣莫若君兮，所以证之不远。吾谊^⑨先君而后身兮，羌^⑩众人之所仇也。专惟^⑪君而无他兮，又众兆^⑫之所雠也。壹心而不豫^⑬兮，羌不可保^⑭也。疾^⑮亲君而无他兮，有招祸之道也。思君其莫我忠兮，忽忘身之贱贫。事君而不贰^⑯兮，迷不知宠之门^⑰。忠何罪以遇罚兮，亦非余心之所志⑱。行不群以巅越⑲兮，及众兆之所咍⑳。纷逢尤以离谤㉑兮，謇㉒不可释也。情沉抑㉓而不达兮，又蔽而莫之白㉔。心郁邑余侘傺㉕兮，又莫察余之中情。固烦言不可结诒㉖兮，愿陈志而无路。退静默而莫余知兮，进号呼又莫吾闻。申侘傺之烦惑兮，中闷瞀之忳忳㉗。

——《惜诵》节选

【今译】

怀着痛惜的心情来表达我的忧虑，发愤抒发我的热情。我所说的都是出于忠诚，要不可以指着苍天来为我作证。让五方之帝辨析刑书条文，告六宗之神对证有无罪状。使山川之神作公正的陪审，命皋陶作法官裁决曲直。竭尽忠诚来为国服务，反而遭受抛弃被视为多余。不会轻佻不能谄媚而与众人相背，一心只等待着明君可能的知己之求。我的一言一行都有迹可寻，内心与外貌一致而永远不会改变。没有人比得上君王更了解臣下，这是因为他的验证永远接近真实。我坚持先思君而后才考虑自己，结果遭到众小人的妒忌。一心为国而没有其他杂念，还是被众人视为仇人。专心致志没有犹豫，最终还是不能明哲保身。急切亲近国君没有其他想法，这又成了招惹祸患的根源。思念君王啊，没有谁比得上我的忠贞，甚至疏忽忘却了自己的一切而沦为贫贱。侍奉君王我绝无二心，只是糊涂不知道取宠的门径。忠心耿耿的人有什么罪过却遭受惩罚？这本不是我能看得清楚的。行为不合世俗因而受挫失败，众人的嘲笑讥讽更让我内心悲哀。一次又一次地遭受责难诽谤，花言巧语恶意中伤令人无法辩白。我情绪低沉内心压抑不能向上表达，君王受人蒙蔽我无话可讲。心中愁闷我失意徬徨，又没有人察知我的胸中感伤。纷烦的言语固然不能阻挡，愿意向君王陈说心志却无处诉说衷肠。退隐时默默无语没人知晓，前进时号叫呼喊没人听到。失意的苦恼让我神志不清，心中的郁闷又让我烦躁不停。

【释义】

当时楚国的颓势已日见端倪，楚怀王外欺于张仪，内惑于郑袖，绝齐联秦，疏远贤臣，亲近小人，而使国事日非，国家处于内忧外患的境地。而屈原又因忠贞直谏遭嫉而被人离间诬陷，被怀王疏远，游离于楚国的政治边缘，这使屈原空有满腔热血而无报国之门，愤懑之情无处发泄。但他对楚王的希望还是没有改变，希望能进谏使君王觉悟。屈原反复申说自己的忠诚坚直，希望能得到楚王的信任，从而实现自己的美政理想。楚王不了解自己的忠直之情，因此屈原内心忧闷，彷徨和惆怅，充满了忧愁与焦虑。于是反复说明自己的真实想法，希望楚王能审视自己，给自己一个表白的机会。《离骚》比《惜诵》感情更为沉痛，指斥君王的话语时有出现。在《惜诵》中，屈原还对楚王抱有幻想，没有过于激烈的言辞，只是对自己的坚持稍微有了动摇，通过厉神之口说出了"君可思而不可恃"这种较为激进的语言，这对于当时的屈原来说，可算是对君王最大程度的责备了。语言越是委婉，幻想越是很多。通过揣摩，《离骚》和《惜诵》在感情程度上的不同差别就显现出来了。

【原文】

悲回风之摇蕙①兮，心冤结②而内伤。物有微而陨③性兮，声有隐而先倡④。夫何彭咸之造思⑤兮，暨志介而不忘⑥。万变其情岂可盖兮，孰虚伪之可长？鸟兽鸣以号群⑦兮，草苴比⑧而不芳。鱼葺⑨鳞以自别兮，蛟龙隐其文章⑩。故荼荠⑪不同亩兮，兰茝幽而独芳。惟佳人之永都⑫兮，更统世而自贶⑬。眇远志⑭之所及兮，怜浮云之相羊⑮。介⑯眇志之所惑兮，窃⑰赋诗之所明。惟佳人之独怀⑱兮，折若椒以自处⑲。曾歔欷之嗟嗟⑳兮，独隐伏而思虑。涕泣交而凄凄㉑兮，思不眠以至曙㉒。终长夜之曼曼㉓兮，掩此哀而不去㉔。寤从容以周流㉕兮，聊逍遥以自恃㉖。伤太息之愍㉗怜兮，气於邑㉘而不可止。紃思心以为纕㉙兮，编愁苦以为膺㉚。折若木㉛以蔽光兮，随飘风之所仍㉜。存髣髴㉝而不见兮，心踊跃其若汤㉞。抚佩衽以案㉟志兮，超惘惘㊱而遂行。岁曶曶其若颓㊲兮，岂亦冉冉㊳而将至。蘋蘅槁而节离㊴兮，芳以歇而不比㊵。怜思心之不可惩㊶兮，证此言之不可聊㊷。宁溘死㊸而流亡兮，不忍为此之常愁。

注解

①回风：旋转之风。摇：撼动。蕙：香草。　②冤结：郁结。
③微：隐行。陨：落。　④隐：隐微。先：当为"失"字之
误。倡：同"唱"。　⑤造思：设想。　⑥暨(jì)：与。介：
系。不忘：指不忘志向。　⑦号群：号呼同类。　⑧苴
(jū)：已死之草。比：比合。　⑨萋(qī)：重叠累积。
⑩文章：文采，花纹。　⑪荼(tú)：苦菜。荠：甜菜。　⑫佳人：
屈原自称。都：美盛。　⑬更：历。续世：继世。贶(kuàng)：赐。
自贶，自求多福。　⑭眇：同"渺"，遥远。眇远志，高远的志向。
⑮相羊：同"徜徉"，飘流不定的样子。　⑯介：耿介持守。
⑰窃：私下。　⑱佳人：屈原自称。独怀：胸怀与众不同。
⑲若：杜若，一种香草。椒：申椒，香料植物。自处：自我安排，
自我料理。　⑳曾：屡次。歔(xū)欷(xī)：叹气，抽噎。嗟嗟：
叹息声。　㉑凄：凄伤。　㉒曙：天将明。　㉓曼曼：长。
㉔掩：停留。不去：不能去怀。　㉕寤：觉醒。周流：周游。
㉖恃：同"持"。自恃，自我支持。　㉗太息：叹息。愍(mǐn)：
哀怜。　㉘於邑：郁(yù)悒(yì)，忧愁，苦闷。　㉙纠(jiū)：
同"纠"，合。缥(xiāng)：佩带。　㉚编：结。鹰：胸，护胸
的背心。　㉛若木：古代神话中的树名。　㉜仍：因，循。
㉝存髣(fǎng)髴(fèi)：指事物看不清楚。髣髴，仿佛。　㉞踊跃：
跳动。汤：沸水。　㉟佩：玉佩。衽：衣襟。案：抑。　㊱
超：举。惘惘：失意惶恐的样子。　㊲怱(hū)怱：同"忽忽"，
指时光匆匆而过。颓：水下流。　㊳耆(shì)：老年。冉冉：渐渐。
㊴蘩(fán)蘵：白蘩，杜衡，两种香草。槁：枯。节离：草枯则
节节断落。　㊵歇：消失。以：已。比：比并，指香花并开。
㊶怜：爱怜。惩：止。　㊷聊：赖。　㊸溘(kè)死，忽然死去。

【原文】

孤子吟而拔[44]泪兮，放子[45]出而不还。孰能思而不隐[46]兮，照[47]彭咸之所闻。登石峦[48]以远望兮，路眇眇[49]之默默。入景[50]响之无应兮，闻省[51]想而不可得。愁郁郁之无快[52]兮，居[53]戚戚而不可解。心鞿羁[54]而不开兮，气缭转而自缔[55]。穆[56]眇眇之无垠兮，莽芒芒之无仪[57]。声有隐而相感[58]兮，物有纯而不可为[59]。邈蔓蔓之不可量[60]兮，缥绵绵之不可纡[61]。愁悄悄[62]之常悲兮，翩冥冥[63]之不可娱。凌大波而流风[64]兮，托[65]彭咸之所居。上高岩之峭岸[66]兮，处雌蜺之标颠[67]。据青冥而攄[68]虹兮，遂倏[69]忽而扪天。吸湛露之浮凉[70]兮，漱凝霜[71]之雾雾。依风穴[72]以自息兮，忽倾寤以婵媛[73]。冯[74]昆仑以瞰雾兮，隐岷山以清江[75]。惮涌湍之磕磕[76]兮，听波声之汹汹[77]。纷容容之无经[78]兮，罔芒芒之无纪[79]。轧洋洋[80]之无从兮，驰委移[81]之焉止。漂[82]翻翻其上下兮，翼遥遥[83]其左右。泛潏潏[84]其前后兮，伴张弛之信期[85]。观炎气之相仍[86]兮，窥烟液之所积[87]。悲霜雪之俱下兮，听潮水之相击。借光景以往来兮，施黄棘之枉[88]策。求介子之所存[89]兮，见伯夷之放迹[90]。心调度而弗去[91]兮，刻著志之无适[92]。曰[93]：吾怨往昔之所冀[94]兮，悼来者之愁愁[95]。浮江淮而入海兮，从子胥而自适[96]。望大河之洲渚兮，悲申徒之抗迹[97]。骤[98]谏君而不听兮，任[99]重石之何益？心绪结[100]而不解兮，思蹇产而不释[101]。

——《悲回风》

注解

㊹孤子：屈原自称。扻(wěn)：拭。　㊺放子：被国君放逐的人，屈原自称。　㊻隐：痛。　㊼照：清楚。所闻：指听说的彭咸故事。　㊽峦：小而尖的山。㊾眇眇：同"渺渺"，远的样子。　㊿景：同"影"。51省：察看。　52无快：不快乐。　53居：疑为"思"字。54羁(jī)羁：马缰，此处指受拘束。　55缭转：缭绕。自缔：自结。56穆：静。　57芒芒：同"茫茫"。仪：容。58隐：微。感：感应。　59不可为：不一定有所作为。60藐：同"邈"，遥远。蔓蔓：同"漫漫"。不可量：无法估计。　61缥：高远。绵绵：连绵不绝。纡：索绕。62悄悄：忧愁的样子。　63翾：疾飞。冥冥：渺远。64凌：乘。流风：顺风而流。65托：托寄。　66峭岸：陡峭险峻的崖壁。　67雌霓：虹之一种，即副虹。蜺，同"霓"。标颠：顶点。　68青冥：青天。摅(shū)：舒。　69倏(shū)忽：顷刻之间，忽然。　70湛露：浓重的露水。浮凉：露浓重之状。71漱(shù)：漱口。凝霜：浓霜。　72风穴：古代传说中的洞穴名，相传北方寒风自其中而出。　73忽倾悟：忽然全部了悟。婵媛：忧伤。　74冯(píng)：凭靠。　75隐：依凭。清江：看清江流。76惮：惧怕。涌湍：急流。磕(kē)：水石撞击声。　77洶(xiōng)洶：波涛声。　78纷：乱。容容：同"溶溶"，水流动的样子。无经：没有常规。　79闷：同"惆"，怅惘。无纪：无纪纲。　80轧(yà)：指波涛互相倾压。洋洋：水大的样子。81委移：同"逶(wēi)迤(yí)"，水流弯曲的样子。　82漂：同"飘"。　83遥遥：摇来摇去。遥，同"摇"。　84滃(yù)滃：水涌出的样子。　85伴：同"判"，判别。张弛：涨落。信期：潮汐的汛期。　86炎：热。相仍：相因。　87烟：上升之气流。液：雨。积：结，聚。

㊹黄棘(jí)：棘刺。枉：曲。 ㊺介子：介子推，春秋时晋文公的臣子。所存：此指介子推隐居之处。㊻伯夷：商末孤竹君的长子。因反对周武王灭商，不食周粟，饿死在首阳山。放迹：放逐之处。 ㊼调度：惆怅。弗去：不能决。 ㊽刻著志：意志坚决。适：往。㊾曰：即"乱曰"。 ㊿冀：希望。 ⑤愁(tì)：同"惕"，警惕。⑥子胥：伍子胥。传说伍子胥被迫自杀，吴王夫差将他的尸体投入江中。自适：顺应自己的心志。 ⑦申徒：申徒狄，殷末贤臣。屡次进谏，纣王不听，抱石投河而死。亢：同"沆"，沆迹，高尚的事迹。 ⑧骤：多次。 ⑨任：抱、负。 ⑩维(guà)结：打了结。 ⑪蹇(jiǎn)产：纠缠阻塞。释：消解。

【今译】

回旋的风啊，使劲吹！我为蕙草的摇落痛悲，心中郁闷独自感伤。物有因美好而本性丧失，声有因隐微而不能高歌。彭咸的思想为什么久长，因为常怀理想永志不忘。遭遇万变内心的真情也不能被遮挡，虚伪做作又怎能保持不变样。鸟兽鸣叫着来呼号它们的同类，鲜草枯茞杂合就没有芬芳。鱼儿叠起鳞片显示自己与众不同，蛟龙也隐藏起身上的纹章。苦茶甜荠不在一块地里生长，兰草芷草在偏僻的地方独留清香。想那佳人胸怀与众不同拥有永久的美丽，一代又一代地自求幸福。志存高远永远追求，最爱白云一般在天空自由飘荡。我耿直自守胸怀大志，有感于世事私下赋诗来表达自己。想那佳人与众不同的胸怀，折采杜若申椒自我安排。长吁短叹声声哽咽相连，独处一方我的愁思万端。涕泪交流凄苦悲凉，辗转反侧难以入睡直到天亮。熬过了漫漫的长夜，留着的这点悲凉仍让我难忘。醒来后从容地四方奔走，姑且用逍遥自在来坚持。伤感叹息实在太可哀怜，心气郁闷总不能停止。把忧思之心纠合起来作为佩带，把愁苦之情编结起来作为背心。折下神树若华的枝叶遮蔽那日光，狂风乱吹中我仍要遵循自己前进的方向。道路的方向迷迷糊糊辨不清，滚烫的热情仍让我奋力前行。抚摸着玉佩衣襟抑制激动的心情，怅惘失意中我又动身出行。岁月如水奔流不息，老年的脚步缓缓而坚定地走来。白蘋杜衡枯槁而节节断离，芬芳鲜花已消歇不再并开。可怜我思君之心不能打消，所有的证据说明谎言不可信。宁愿忽然死去从流而亡，不忍心再作此常愁之态。孤独的人悲叹着拭去泪水，被放逐的人受贬谪不能返回。谁能满怀思念而不心痛？我将遵从着彭咸的所作所为。登上布满石块的山峦向远处眺望，道路漫长无人结伴一片内心凄凉。没有日光没有声响孤独寂寞，苦苦思索竟一无所获。愁思郁闷没有一点快乐，化解不了的悲伤怎么也不能摆脱。心中的束缚挣扎不掉，愁肠百结难以取消。静穆时更觉前途渺无边际，苍莽中一片迷茫失魂落魄。声音再小也应该有所感应，内心纯美却无所作为。道路漫长前途渺茫无法估量，远大的志向接连不断地萦绕在心头。愁情满怀永远悲痛，想展翅高飞但路途遥远难以开心。乘风破浪顺流而淌，将把彭咸作为榜样。登上岩石密布的陡峭河岸，身处霓虹闪烁的顶点。背负着青天舒展一道道彩虹画卷，顷刻之间我已拥抱蓝天。吮吸着浓浓的露水，用凝结的寒霜漱口。倚着天上风洞的穴口休息，顿悟自己遇此处境后更加悲戚。凭靠着昆仑山俯视云雾，依傍着岷山看清江流。害怕急流中水石撞击的巨响，怒吼的涛声夹着汹涌的波浪。我思维混乱没有条理，精神迷惑缺少头绪。巨浪翻滚互相撞击一泻千里，狂傲不羁哪里才能止息？我心潮起伏难以平息，像鸟儿的两翼在左右摇动拍击。像泛滥的大水前后奔涌，伴着涨落定时的汛期。看那火焰升腾烟雾缭绕，看那云朵与雨滴阵阵来袭。悲慨霜与雪纷纷扬扬，听着潮水声翻滚激荡。我借着光与影来来往往，拿起棘刺做成的弯鞭信马由缰。先寻求介子推隐居的土地，再找一找伯夷放逐的踪迹。心里惆怅不已忧思难除，意志坚决哪儿也不会去。尾声：我悔恨往昔的那些期望，为未来的前途警惕忧伤。渡长江过淮水向东入海，追随伍子胥寻求内心的解放。眺望大河中的沙洲水渚，为申徒狄的高尚事迹悲伤。屡屡劝谏君王而不被听从，抱着重石自沉又有什么帮助。心头的死结不能打开，堵塞的思绪终究没法消解。

【释义】

此篇写作艺术上的最大特点是心理刻画手法上的高妙。全篇未见事实之叙述，全是作者心理活动的展现。作品充满着深沉、悲愤的情绪。这首诗写于冬季，凄情苦语，调子非常幽怨。开端以蕙草起兴，由旋风摇撼的蕙草，联系到忠贤被斥、美政被弃的现实悲哀，申述自己终身不悔的坚定信心和顽强的意志。同时还通过香草枯萎、花谢飘落的萧瑟秋景，感叹了楚国辉煌已逝，忠贤流落的哀思。作者坚定指出：君子始终是光明正大的，与万变其情的小人不同，自己终不改悔自己的理想，忠臣直士只有一条路，效法古之贤人彭咸。以死明志，忠诚永远。这是心灵的呐喊，也是前进的号角。

【原文】

　　思美人兮，揽涕而竚眙①。媒绝路阻兮，言不可结而诒②。蹇蹇③之烦冤兮，陷滞而不发。申旦④以舒中情兮，志沉菀⑤而莫达。愿寄言于浮云兮，遇丰隆⑥而不将。因归鸟而致辞兮，羌迅高而难当。高辛⑦之灵盛兮，遭玄鸟而致诒⑧。欲变节以从俗兮，媿易初⑨而屈志。独历年而离愍兮，羌凭心⑩犹未化。宁隐闵而寿考⑪兮，何变易之可为？知前辙之不遂兮，未改此度。车既覆而马颠兮，蹇独怀此异路⑫。勒骐骥而更驾兮，造父⑬为我操之。迁逡次⑭而勿驱兮，聊假日以须时。指嶓冢之西隈⑮兮，与纁黄⑯以为期。开春发岁兮，白日出之悠悠。

注解

①揽：收。芳(zhù)：久站。眙(yì)：凝视的样子。 ②结而诒：封存邮寄。 ⑧蹇(jiǎn)蹇：正直的样子。 ④申旦：天天。 ⑤志：心情。蕴(yùn)：同"郁"，沉重。 ⑥丰隆：雷公。 ⑦高辛：即帝喾。 ⑧玄鸟：凤凰。诒(yí)：同"贻"，赠给，这里指聘物。 ⑨媿(kuì)：同"愧"。易初：改变初衷。 ⑩怓(píng)心：愤懑的心情。 ⑪懚：忍。寿考：终老。 ⑫羌：发语词，楚方言。异路：不同的道路。 ⑬造父：周穆王时人，以善驾车闻名。 ⑭迁：前行，前进。逡(qūn)次：徘徊游移。 ⑮嶓(bō)冢(zhǒng)：山名，在今甘肃省天水县和礼县之间，是汉水的发源地。隈(wēi)：山的弯曲处。 ⑯纁(xūn)黄：纁，落日的余晖。纁黄，黄昏。

【原文】

吾将荡志而愉乐兮，遵江夏以娱忧。揽大薄之芳茝⑰兮，搴长洲之宿莽。惜吾不及古人兮，吾谁与玩此芳草。解萹薄⑱与杂菜兮，备以为交佩。佩缤纷以缭转⑲兮，遂萎绝而离异。吾且儃佪以娱忧兮，观南人⑳之变态。窃快在其中心兮，扬厥凭而不俟㉑。芳与泽其杂糅兮，羌芳华自中出。纷郁郁其远蒸兮，满内而外扬。情与质信可保㉒兮，羌居蔽而闻章㉓。令薜荔以为理㉔兮，惮举趾而缘木。因芙蓉而为媒兮，惮褰裳而濡足㉕。登高吾不说兮，入下吾不能。固朕形之不服㉖兮，然容与而狐疑。广遂㉗前画兮，未改此度也。

命则处幽吾将罢兮，愿及白日之未暮也。独茕茕[28]而南行兮，思彭咸之故也。

——《思美人》

【今译】

思念我的君王，收住眼泪，久久地伫立凝望。媒介之人不在，道路漫长难行，我的话断断续续，难成篇章。忠言直谏，至诚一片却招致无尽的烦冤，如同陷滞泥途寸步难行。我愿日日抒发衷情。可是心情沉郁，难以表达心迹。我愿让浮云代为寄语，向君王致意，雷神丰隆却不肯助我一臂之力。又想依托北归的鸿雁代为传书，但它又迅疾高飞无情离去。难比德高望重的高辛氏，凤凰相助前来致赠厚礼。我曾想变节而随从流俗，又自愧将初衷与本志改易。多年以来，我遭遇无数摧残，愤懑不平之心从未消减。宁可隐忍忧愁，直至终老，又怎能将高尚的志节改变？明知正确的道路难以走通，我恰恰不能不走这条正路。虽然车已倾覆，马也颠仆，我依然执著于这条正确的道路。勒住我的骏马，更换新的乘驾，让造父为我挥鞭，缓慢而坚定的前行。姑且借此光景逍遥寄情，指着嶓冢山的西边，那汉水发源地点，直到日落黄昏之时，车马才能停息。新春刚刚来到，花开鲜艳，阳光温暖。我要放声歌唱纵情欢笑，沿着长江、夏水漫游，把所有的忧伤烦恼忘掉。在广大的草木丛生之地采集香草白芷，到长长的沙洲拔取紫苏香草。痛惜自己未能与古代的圣君贤人生活在一起，（今天）我能与谁同将这芳草欣赏？采那萹竹和恶菜，用来制作左右佩带。佩带缤纷缠绕，却受到君王喜爱，芳草着实可爱，却被弃置不采。我哀叹徘徊，姑且装作快乐逍遥，看那奸佞小人的丑态。我要让自己快乐起来，将那愤懑之情毫不迟疑地抛开。芳香与污垢杂糅一起，但芬芳之花最终会焕发光彩。香气郁郁充盛，必然会播散到远方。只要馨香充盈于内，香气就一定会向外散放。忠直的情志，淳美的本质，确实需要保持，相信即使身处蒙蔽之地，美好的名声最终会得到赞誉。想让薜荔替我说合，却怕缘木求鱼似的受挫折，想托芙蓉作为媒人，又怕涉水而把衣襟沾湿。缘木登高，我不高兴，褰裳下水，我执意难听。本来我的禀赋对此就很不习惯，这样只好始终犹豫而迟疑不前。这忠贞高洁的习惯，我一直没有改变。命运把我放在幽僻之地，我不管！趁着这日子还没有过完，即使孤独无依地漂泊南行，我还想有所作为，彭咸以死谏君，就是我学习的典范。

【释义】

美人，在诗中指楚君主。屈原撰写此诗的目的，就是试图以思女形式，寄托自己对君主的希冀，以求得到君主的信赖而实现理想目标。诗一开篇即陈述了诗人思女的行为——"揽涕"、"竚眙"，感情真挚而又炽烈。他竭尽全力地努力追求，"宁隐闵而寿考兮，何变易之可为。""广遂前画兮，未改此度也。"直至诗篇之末，诗人明知自己已实在无能为力了，却仍不改"度"——努力的行为不得已作罢，而节操却始终不变。在写美人的同时，诗人也写到了香花美草，它们均非实指植物，而是用以喻指才能，诗人一路采摘、佩饰它们，乃是为自己为国效力时作准备。遗憾的是美人——君主并不赏识，致使诗人只得发出"吾谁与玩此芳草"的慨叹。这还不够，诗人更以芳草自譬，说芳草与污秽杂糅，作为芳草，终能卓然自现，而决不会为污秽所没；又将芳草比作媒人，

"因芙蓉而为媒"，欲通过这些媒人而向美人求爱，但又缺乏勇气。毫无疑问，鲜花、香草，在诗篇中都一一成了作者心目中的理想化象征者，它们在表现诗人本身的气质形象及体现诗人的忠君爱国方面起了极好的烘托作用。

【原文】

何时俗之工巧①兮，背绳墨而改错②！却骐骥③而不乘兮，策驽骀④而取路。当世岂无骐骥兮？诚莫之能善御。见执辔者非其人兮，故駶⑤跳而远去。凫雁皆唼⑥夫梁藻兮，凤愈飘翔而高举。圜凿而方枘⑦兮，吾固知其鉏铻⑧而难入。众鸟皆有所登栖兮，凤独遑遑而无所集。愿衔枚⑨而无言兮，尝被君之渥洽⑩。太公九十乃显荣兮，诚未遇其匹合⑪。谓骐骥兮安归？谓凤皇兮安栖？变古易俗兮世衰，今之相者兮举肥。骐骥伏匿而不见兮，凤皇高飞而不下。鸟兽犹知怀德兮，何云贤士之不处？骥不骤进而求服⑫兮，凤亦不贪餧而妄食。君弃远而不察兮，虽愿忠其焉得？欲寂漠而绝端兮，窃不敢忘初之厚德。独悲愁其伤人兮，冯⑬郁郁其何极？

——《九辩》节选

注解

①工巧：善于投机取巧。　　②错：同"措"，正常的措施。
③却：拒绝。骐骥：骏马，喻贤才。　　④驽(nú)骀(tái)：劣马。
⑤驹(jū)跳：跳跃。　　⑥唼(shà)：水鸟或鱼吃东西。　　⑦圜
凿而方枘(ruì)：圆的洞眼安方的榫子。　　⑧鉏(jù)铻(wǔ)：同"龃
龉"，彼此不相合。　　⑨衔枚：指闭口不言。古时行军为防止
士兵出声，令他们口中衔一根叫做枚的短木条，故称。　　⑩渥(wò)
洽(qià)：深厚的恩泽。　　⑪匹合：合适。　　⑫服：驾车，拉
车。　　⑬冯(píng)：同"凭"，内心愤懑。

【今译】

　　为何社会风气善于取巧，违背规矩背离正道。放着骏马不去
骑，偏要赶着劣马慢慢跑。当今世上难道真没有骏马？实在是没
有好车夫驾驭它。它看见驾驭的人不内行，就会连蹦带跳向远处
逃。野鸭野雁争抢着小米和水草，凤凰啊只好远走高飞把良枝找。
圆形的凿孔配上方形的木榫，我当然知道它们配合不好。普通鸟
都有自己安乐的巢穴，凤凰啊反而匆忙找不到住处。我真愿闭口
不言，什么也不说，但因曾蒙君恩而于心不忍。姜太公九十岁才
显贵，实在是没碰上与他投合的圣主。说什么骏马何处投？说什
么凤凰何处留？丢了古风旧俗而世道大坏，现在的相马人只知挑
肥扔瘦。骏马隐藏起来再也不愿出来，凤凰高高飞翔不愿回到旧
的地界。鸟兽还会知恩图报，怎能责怪贤德之人别离故土？骏马

绝不会急切地驾车，凤凰也不会贪吃胡喝。君王毫不明察地抛弃、疏远贤士，我即使一厢情愿就可以实现目标？孤独与悲伤是这样折磨人啊，我满怀愤懑啊何时是个尽头！

【释义】

诗中用了姜太公九十岁才获得尊荣的典故，显示出诗人参与军国大事、建功立业的希冀。不过，诗中直接论及当时国家形势并不明显，更多是突出不为世用的悲哀："君弃远而不察兮，虽愿忠其焉得？"如果与诗歌中的贫士形象相联系，就可以领会到，宋玉所说的是：如果贫士为君王所用，也能像姜太公一样立下赫赫功勋；如果不能为君王赏识，只能"冯郁郁其何极"，悲愤郁结，不知何年何月才能消散了！这一段笔墨集中在贫士自身进行抒情。对于是非不明的昏君，屈原是固谏不舍，而宋玉则是"愿衔枚而无言"的感恩图报，这充分反映了两种不同精神气质、个性素养的知识分子的风格特征。联系起来，也可看出屈原的忠贞更炽热、更坚定。

第二节 热爱人民

【原文】

皇天之不纯命①兮，何百姓之震愆②！民离散而相失③兮，方仲春而东迁④。去故乡而就远⑤兮，遵江夏⑥以流亡。出国门而轸怀⑦兮，甲⑧之朝吾以行。发郢都而去闾⑨兮，怊荒忽其焉极⑩。楫齐扬以容与⑪兮，哀见君而不再得。望长楸⑫而太息兮，涕淫淫其若霰⑬。过夏首而西浮⑭兮，顾龙门⑮而不见。心婵媛⑯而伤怀兮，眇不知其所蹠⑰。顺风波以从流⑱兮，焉洋洋⑲而为客。凌阳侯之泛⑳滥兮，忽翱翔之焉薄㉑？心絓㉒结而不解兮，思蹇产而不释㉓。将运舟而下浮㉔兮，上洞庭而下江。去终古之所居㉕兮，今逍遥而来东㉖。羌㉗灵魂之欲归兮，何须臾而忘反㉘？背夏浦而西思㉙兮，哀故都之日远。登大坟㉚而远望兮，聊以舒㉛吾忧心。哀州土之平乐㉜兮，悲江介之遗风㉝。

——《哀郢》节选

注 解

①不纯命：指天道无常；纯：正，常。　②震：震惧，惊动。愆(qiān)：罪过。震愆：流离在外。　③离散：流离失散。相失：

彼此失散。 ④仲春：夏历的二月间。东迁：指楚国都东迁。
⑤去：离开。就远：踏上远行的道路。 ⑥遵：沿着。江夏：
长江和夏水。 ⑦国门：国都城门。轸(zhěn)：痛。轸怀：沉
痛的怀念。 ⑧甲：甲日。 ⑨闾：里门，居住的地方。
⑩怊(chāo)：悲伤。荒忽：恍惚。焉：如何。极：终点。 ⑪楫：
划船的桨。齐扬：并举。容与：行进缓慢。 ⑫楸(qiū)：指郢
(yǐng)都梓(zǐ)树。 ⑬淫淫：泪多的样子。淫：过多。霰
(xiàn)：雪珠。 ⑭夏首：地名，夏水与长江合流处。西
浮：往西漂流。 ⑮顾：看。龙门：郢城的城门名。
⑯婵媛：牵挂不舍。 ⑰眇：同"渺"，遥远。踬(zhì)：踯躅。
⑱从流：随着流水前行。 ⑲焉：乃。洋洋：漂泊的样子。
⑳凌：乘在上面。阳侯：大波。古代传说陵阳国之侯，溺死于
水，其神为大波。 ㉑翱翔：飞翔，这里形容船的忽上忽下。
薄：同"迫"，到，止。焉薄：止于何处。 ㉒絓(guà)结：牵
挂而内心郁结。 ㉓蹇(jiǎn)产：委屈。释：解开。 ㉔运
舟：运转船只。下浮：顺流下航。 ㉕终古之所居：祖先世
代所居住的地方。 ㉖逍遥：漂荡的样子。来东：来到东方。
㉗羌：发语词，楚地方言，无义。 ㉘须臾：片刻。反：同"返"。
㉙背：背向。夏浦：夏水滨。西思：思念西方。 ㉚大坟：水
边高堤。 ㉛聊：暂且。舒：舒散。 ㉜州土：指所经过的
江汉地区。平乐：指土地宽阔，人民生活富饶。 ㉝江介：江边。
遗风：古代遗留下来的风俗。

【今译】

老天爷竟这样喜怒无常，为什么要让百姓如此遭殃？妻离子

散，家破人亡，仲春二月，向东流亡。离开故乡啊奔向远方，顺着长江和夏水到处流浪。走出国都的城门沉痛怀念，一个甲日的早晨我已在路上。从郢都出发离别了家园，我神志恍惚，路在何方。一齐举桨船儿却难以开拔，令人哀伤的是从此再见不到君王。望着故都高高的梓树长叹，禁不住雪珠般的热泪流淌。船过夏首又向西漂去，回看郢都的东门方向。内心牵挂故国我无比悲怆，前途渺茫不知落脚何方。顺着风波漂流江湖之上，无所归依羁旅他乡。顶着漫无边际的滔滔巨浪，四处飘忽不知将到何处游荡。心情像打了死结总是不能化解，思绪萦绕纠缠怎能舒畅。我将要驾着船顺流起航，北出洞庭再东入大江。离开长久居住的我的故乡，如今只身浪迹来到东方。梦魂牵萦总想归去，哪里有一时一刻忘记家乡。别离夏浦心头仍挂念西边，伤心的是回故都的希望日渐渺茫。登上江边的高丘极目远望，姑且化解一下我内心的惆怅。悲叹楚国富庶、安乐的大地就要沦丧，沿江淳厚的民风恐怕不能久长。

【释义】

开头诗人仰天而问，可谓石破天惊。此下即绘出一幅巨大的哀鸿图。"仲春"点出正当春荒时节，"东迁"说明流徙方向，"江夏"指明地域所在。人流、汉水，兼道而涌，涛声哭声，上冲云霄。所以诗人说走出郢都城门之时腹内如绞。他上船之后仍不忍离去，举起了船桨任船飘荡着：他要多看一眼郢都！他伤心再没有机会见到国君了。"甲之朝"是诗人起行的具体日期和时辰，九年来从未忘记过这一天，故特意标出。"长楸"指代郢都故都。想起郢都这个楚人几百年的都城将毁于一旦，忍不住老泪横流。这种效果比一般的"断肠人在天涯"更多一层思君、爱国、忧民的哀痛。诗人爱国爱民，可谓一桨九回头，读之泪长流。

【原文】

长太息以掩涕兮，哀民生之多艰①。余虽好修姱以羁鞿②兮，謇朝谇而夕替③。既替余以蕙纕④兮，又申之以揽茝⑤。亦余心之所善⑥兮，虽九死⑦其犹未悔。怨灵修之浩荡⑧兮，终不察夫民心⑨。众女嫉余之蛾眉⑩兮，谣诼谓余以善淫⑪。固时俗之工巧⑫兮，偭规矩而改错⑬。背绳墨⑭以追曲兮，竞周容以为度⑮。忳郁邑余侘傺⑯兮，吾独穷困乎此时⑰也。宁溘死以流亡⑱兮，余不忍为此态⑲也。鸷鸟之不群⑳兮，自前世而固然㉑。何方圜之能周㉒兮，夫孰异道而相安？屈心而抑志㉓兮，忍尤而攘诟㉔。伏清白以死直㉕兮，固前圣之所厚㉖。

——《离骚》节选

注解

①太息：叹息。掩涕：掩面哭泣。民生：众生。多艰：多难。
②好：喜好。修姱(kuā)：修洁而美好。鞿(jī)羁(jī)：马缰绳和
络头。比喻束缚。　③謇(jiǎn)：古楚语中的句首语气词。谇
(suì)：谏净。替：废弃，贬斥。　④以：因为。蕙(huì)纕
(xiāng)：香草做的佩带，系之来表示芳洁忠正。纕：佩带。
⑤申：重复，加上。之：代词，我。揽茝(chǎi)：采集芳草。
⑥所善：所崇尚的美德。　⑦九死：死去九次。　⑧灵修：
神圣，喻指君王。浩荡：放荡自恣，糊涂荒唐。　⑨民心：人心。
⑩众女：群奸，许多小人。蛾眉：像蚕蛾一样细而长的眉毛，这
里喻指诗人高尚的才行德行。　⑪谣诼：造谣诽谤。善淫：善
于以淫荡之姿媚惑人。　⑫固：本来。时俗：世俗。工巧：
善于投机取巧。　⑬偭(miǎn)：违背。错：同"措"，措施。
⑭绳墨：木工打直线的墨线，本是取直的工具，引申为正直之道。
⑮周容：迎合讨好。度：法则。　⑯忳(tún)：忧愁。郁邑：怨
愤抑郁。侘(chà)傺(chì)：失意的样子。　⑰穷困：走投无路。
时：当时的处境。　⑱溘(kè)死：忽然而死。以：或者。流亡：
漂泊异乡。　⑲此态：群小谄佞之态。　⑳鸷(zhì)：凶猛的
鸟，如鹰、雕、枭(xiāo)等。不群：指不与凡鸟同群。　㉑固
然：本来如此。　㉒何：如何。方：比喻君子行为端正。圜：
比喻小人圆滑诡佞。能周：能够相合。　㉓屈心：使心里受委
屈。抑志：使心志受压抑。　㉔尤：罪过。攘：蒙受。诟：耻
辱。　㉕伏：保持。清白：指清白的节操。死直：为正义而死。
㉖固：本来。前圣：前代圣贤。所厚：看重，赞许。

【今译】

我深深地叹息啊泪如雨下，哀伤人民活得是如此艰难。我只因为热爱美德并以之约束自己啊，清晨进谏，晚上便被罢官。这既是因为我以蕙草为佩饰啊，又加上我采了白芷精心编织。只要是我衷心喜爱的事物啊，纵然为它死上多次也不悔改。恨只恨君王你太放荡啊，始终不能体察我的衷肠。小人们嫉妒我高尚的德行啊，造谣诬蔑我善于淫乱。世俗的人本会投机取巧啊，违背了规矩把措施改变。背弃正道而追求邪曲啊，争着谄媚求荣反以为符合法度。抑郁苦恼，我惆怅失意啊，独有我在此时遭受困窘命运多舛。我宁肯突然死亡顺水流淌啊，也不把小人的丑态来效仿！雄鹰猛雕不与燕雀为伍啊，自古以来就是这样。方和圆怎能包容在一起啊，哪有志趣各异的人能彼此相安？心里委屈精神压抑啊，强忍指责把侮辱承担。坚守清白为正义而死啊，这本就会被前代的圣贤嘉许称赞。

【释义】

"伏清白以死直兮,固前圣之所厚。"其原因有四个：灵修不察，众女嫉余，时俗工巧，余不忍为此态。诗人把美人香草的寓意和政治抒情叠合在一起，虚实二重境界相互交融，迷离惆恍，别有情韵。尽管世俗工巧，世人追名逐利，篡改法令，歪曲是非，混淆黑白，竞相谄媚，把朝廷弄得乌烟瘴气，诗人也屡遭嫉恨而受挫，但是诗人宁死也不同流合污，他自比不合群的鸷鸟，孤傲矫健，坚定地认为"自前世而固然"。这充分表现了诗人坚持理想矢志不渝的俊杰人格。诗人在政治上遭遇挫折之后，经历了一番激烈的思想斗争，重又回到了"亦余心之所善兮，虽九死其犹未悔"的境界，而且感情更加深沉，意志更加坚定，在理想与现实，进取与退隐的尖锐对立中，更加坚定地作出了自己的选择。而这一切的背后，就是对国家，对人民的无限忠诚和热爱。这种忠诚一直支撑着诗人傲然前行。

第三节　眷恋故土

【原文】

索藑茅以筳篿①兮，命灵氛②为余占之。曰："两美其必合③兮，孰信修而慕④之？思九州⑤博大兮，岂唯是⑥其有女？"曰：勉远逝⑦而无狐疑兮，孰求美而释女⑧？何所独无芳草⑨兮，尔何怀乎故宇⑩？世幽昧以眩曜⑪兮，孰云察余⑫之善恶？民好恶其⑬不同兮，惟此党人⑭其独异。户服艾以盈腰⑮兮，谓幽兰⑯其不可佩。览察草木犹未得⑰兮，岂珵美之能当⑱？苏粪壤以充帏⑲兮，谓申椒⑳其不芳。欲从㉑灵氛之吉占兮，心犹豫而狐疑㉒。巫咸㉓将夕降兮，怀椒糈而要㉔之。百神翳其备㉕降兮，九疑缤㉖其并迎。皇剡剡其扬灵㉗兮，告余以吉故㉘。曰：勉升降以上下㉙兮，求矩矱㉚之所同。汤禹俨而求合㉛兮，挚咎繇而能调㉜。苟中情㉝其好修兮，又何必用夫行媒㉞？说操筑于傅岩㉟兮，武丁㊱用而不疑。吕望之鼓㊲刀兮，遭周文而得举㊳。宁戚㊴之讴歌兮，齐桓闻以该辅㊵。及年岁之未晏㊶兮，时亦犹其未央㊷。恐鹈鴂之先鸣兮㊸，使夫百草为之㊹不芳。"何琼佩之偃蹇㊺兮，众薆然㊻而蔽之。惟此党人之不谅㊼兮，恐嫉妒而折㊽之。时缤纷其㊾变易兮，又何可以淹留㊿？兰芷(51)变而不芳兮，荃蕙化而为茅(52)。何昔日之芳草(53)兮，今直为此萧艾(54)也？岂其有他故(55)兮，莫好修(56)之害也。

注解

①索：系结。藑(qióng)茅：占卜用的茅草。筳(tíng)：占卦用的竹片。篿(zhuān)：楚人用灵草编结筳竹来占卦称为篿。　②灵：本义是神，因为巫能降神，所以楚人称巫为灵。灵氛：古代善占卜者。　③两美必合：比喻良臣必遇明君。　④信修：真正美好。慕：爱慕。　⑤九州：天下，海内。　⑥是：指上文神女、宓妃等所居之地。　⑦勉：勉力，努力。远逝：远行。⑧释：丢弃。女：同"汝"。　⑨所：处所，地方。　⑩故宇：故国。　⑪幽昧：昏暗。眩(xuàn)曜(yào)：迷乱。　⑫余：

灵氛代屈原自称。　⑬好恶：爱好。　⑭党人：指群小。
⑮户：家家户户。艾：恶草，即白蒿。盈：满。要：同"腰"。
⑯幽兰：香草。　⑰得：得出正确结论。　⑱珵(chéng)：美玉。
当：估价，鉴别。　⑲苏：索取。粪：粪便。壤：尘土。粪壤，
指最肮脏的东西。帏：身上所佩带的香囊。　⑳申椒：香木名，
即大椒。　㉑从：听从。　㉒狐疑：怀疑。　㉓巫咸：古
代著名的神巫。　㉔怀：怀带。椒：香草，用以降神。糈(xǔ)：
精米，用以享神。要：迎候。　㉕翳(yì)：遮蔽。备：齐，都。
㉖九疑：即九嶷(yí)山，这里指九嶷山神。缤：繁盛。　㉗皇：
百神。剡(yǎn)剡：闪闪发光。扬灵：显灵。　㉘吉故：吉利
的消息。　㉙升降上下：指随高就低。　㉚矩(jǔ)矱(huò)：
法度。　㉛俨(yǎn)：真心诚意。求合：访求与自己志同道合
的大臣。　㉜挚：伊尹，汤的贤相。咎(jiù)繇(yáo)：皋陶，
禹的贤臣。调：协调和谐。　㉝苟：假如。中情：节操。
㉞行媒：引荐。　㉟说(yuè)：人名，傅说，武丁时的贤相。操：
拿着。筑：筑墙用的工具。傅岩：地名。相传武丁梦见一位贤人，
即访求其于天下，后得筑墙的奴隶傅说，见其与梦中人形貌相
同，就用他为相，殷朝大盛。　㊱武丁：商代国王名。相传少
时生活在民间，即位后，重用傅说、甘盘为大臣，力求巩固统治。
㊲吕望：即姜太公。鼓：舞动屠刀。姜太公曾困于朝歌为屠夫，
后遇周文王，才被举用。　㊳周文：即周文王，西周奠基人。
㊴宁戚：原是一个穷困的小商人，一次齐桓公晚上出来，宁戚
用手扣牛角而歌，桓公听后，知道他是贤人，就提拔他为卿相。
㊵齐桓：春秋时齐国国君，春秋五霸之首。该：备。辅：辅佐。
㊶晏：晚。　㊷央：极，尽。　㊸鹈(tí)鴂(jué)：子规鸟，
也就是杜鹃，子规的啼声是落花时节的标志。　㊹为之：因为它，

即春将去。　⑤琼佩：比喻美德。偃(yǎn)蹇(jiǎn)：困顿失志。
⑥蔼(ài)然：遮蔽。　⑦惟：想到。不谅：险诈不可知。
⑧折：损害。　⑨缤纷：祸乱，混乱。其：而。　⑩淹留：久留。
⑪兰芷：香草名。　⑫茅：恶草名，比喻不肖之人。　⑬芳草：
比喻正人君子。　⑭萧、艾：都是恶草。　⑮岂其有他故兮：
难道有什么别的原因吗？　⑯莫：不。修：美名。莫好修：不
往高处走。

【原文】

余以兰为可恃⑰兮，羌无实而容长⑱。委厥美以从俗⑲兮，苟
得列乎众芳⑳。椒专佞以慢慆㉑兮，樧㉒又欲充夫佩帏。既干进而
务入㉓兮，又何芳之能祗㉔！固时俗之流从㉕兮，又孰㉖能无变化？
览椒兰其若兹㉗兮，又况揭车与江离㉘。惟兹佩㉙之可贵兮，委厥
美而历兹㉚。芳菲菲而难亏㉛兮，芬至今犹未沬㉜。和调度㉝以自娱兮，
聊浮游㉞而求女。及余饰之方壮㉟兮，周流观乎上下㊱。

——《离骚》节选

注 解

⑰兰：香草，比喻道貌岸然者。恃：信赖，依靠。　⑱容：外表。
长：好。　⑲委：放弃。从俗：跟随流俗。　⑳苟得列乎众芳：
比喻徒有其名。　㉑专：专权擅政。佞：谄佞。慢慆(tāo)：傲

慢恣肆。　　⑫椴(shā)：恶草名，是茱(zhū)萸(yú)一类的草。　　⑬干进务入：指钻营谋求利禄权势。　　⑭袛：振。　　⑮流从：随波逐流。　　⑯孰：谁。　　⑰若兹：如此。　　⑱况：何况。揭车、江离：一般的香草，比喻一般人。　　⑲兹佩：比喻自己的美德。　　⑳历兹：至今。　　㉑菲菲：香气浓郁、四溢。亏：损失。　　㉒沬：中断，泯灭。　　㉓和：和谐。调度：指佩玉摇动的节奏和脚步和谐一致。　　㉔聊：暂且。浮游：周游。　　㉕饰：佩饰，象征年华。壮：盛。　　㉖周流：周游。上下：天上和人间。

【今译】

　　我找来算卦用的茅草和竹片啊，请神巫灵氛为我占卜算卦。他说："贤臣和明君定能合作啊，哪有确实美丽而不令人倾慕？我想天下是多么广大啊，难道那美女只是这里才有？"他说："你远走他乡不要犹豫啊，哪个追求美好的人会把你舍弃？天涯何处没有芳草啊，你为什么一定要怀恋故居？"世道昏暗而令人目眩啊，谁会来识别我们善恶忠奸？人们的好恶本来就不同啊，这帮小人的爱好却分外奇怪。个个都把臭艾插满腰间啊，反倒说芳香的兰草不可佩带。观察草木都分不清好坏啊，又怎能对美玉估价得当？拿粪土塞满了香囊啊，反说那累累的花椒没有芬芳。我想听从灵氛的吉祥占卜啊，心中挂念楚国又狐疑不定。听说巫咸将在晚间降神啊，我带着花椒精米去迎候神灵。众神遮天蔽日一起降临啊，

141

九嶷山诸神纷纷相迎。他们灵光闪闪显示神灵啊，巫咸讲吉利的故事给我听。他说："努力寻求哪怕上天入地啊，去寻求那志同道合的同伴。"商汤、夏禹都认真寻求啊，得到了伊尹、皋陶君臣协调。只要内心真正爱好贤才啊，君臣自能遇合，又何必用媒人来作介绍？傅说拿着筑版在傅岩筑过墙壁啊，殷高宗重用他毫不疑惑。姜太公不过是磨刀宰牛的屠夫啊，遇见了周文王而一步登天。宁戚敲着牛角唱着怀才不遇啊，齐桓公听见了就让他辅佐当朝。趁着这年岁还不太老啊，时事颓落犹未到终了。怕的是杜鹃鸟叫得太早啊，各样的花草都要花殒香消。为何我的佩玉瑰丽珍奇啊，众人却将它遮蔽得暗淡无光。这帮结党营私的小人不讲信义啊，恐怕因嫉妒而把它毁弃。时势纷乱变幻无常啊，我怎能在此滞留久熬。兰草、芷草变得不香啊，荃草和蕙草也蜕化成为茅草。为什么从前的香草啊，如今竟成了臭艾、白蒿。这难道还有别的缘故啊，都只因为他们不洁身自好。我以为幽兰可信可靠啊，谁知它并无实质空有美善的外表。抛弃了它的美质而追随世俗啊，苟且得以列入众芳的行列。花椒变得专横谄媚而又狂傲啊，茱萸又想冒充香料混进香囊。既然是只求进用而竭力钻营啊，又怎能看重品洁行芳？世俗本来就随波逐流啊，谁又能保持不变？看一看花椒、幽兰都是那样啊，又何况揭车、江离这类！只有我的佩饰最可贵啊，保持美质直到如今。它那浓郁的香气不会消退啊，固有的芬芳至今仍没有泯灭。调谐我的佩玉节奏以自欢娱啊，为了寻求贤达之女我且飘游四方。趁着我的佩饰正当璀璨啊，我将周游观访上天下地。

【释义】

去国求君，这触及到了诗人最为本质的精神基点：对楚国真挚而又深沉的爱。诗人所关注的社会是诗人引以为自豪与骄傲的楚国，而诗人远逝，自疏求君，无疑是变了相地改变了诗人的精神追求，所以始终"忍而不能舍也"，不肯离开楚国一步。屈原始终以祖国的兴旺、人民的疾苦为念。因为执著，他不能像孟子那样"穷则独善其身，达则兼济天下"，他是在其位谋其政，不在其位也偏要谋其政；因为执著，他也不能像他的同代纵横家们那样"朝秦暮楚"，择国而仕，他是从一而终，至死不渝；因为执著，他更不能像庄子那样悠游物外，他是不计利害、不思后果地抨击时弊，从而成了昏君群小眼中的"钉子"。他不是陶渊明，顿悟入菊园，悠然看南山；他不是李白，有酒，有道，有仙气，从而笑傲王侯、相忘江湖；他不是苏轼，有佛老之心，贬杭州就修苏堤，到岭南就品荔枝。他是屈原，是故土的忠诚守卫者。

【原文】

与女游兮九河①，冲风起兮水横波②。乘水车兮荷盖，驾两龙兮骖螭③。登昆仑兮四望④，心飞扬兮浩荡。日将暮兮怅忘归，惟极浦兮寤怀⑤。鱼鳞屋兮龙堂，紫贝阙兮朱宫。灵何为兮水中⑥？乘白鼋兮逐文鱼⑦，与女游兮河之渚⑧。流澌纷兮将来下⑨，子交手兮东行⑩，送美人兮南浦⑪。波滔滔兮来迎，鱼隣隣兮媵予⑫。

——《河伯》

注解

①女(rǔ)：汝，你。九河：黄河的总名，前人说是黄河到兖(yǎn)州境即分九道，故称九河。　②冲风：磁风，大风。横波：聚起波浪，扬波。　③骖(cān)螭(chī)：四匹马拉车时两旁的马叫"骖"，螭，神话中的龙一类神物。骖螭，驾车时以螭为边马。　④昆仑：山名，黄河的发源地。　⑤惟：思念。极浦：遥远的水边，指黄河涯际。寤怀：寤寐而怀念，指梦里都在怀念的意思。　⑥灵：神灵，这里指河伯。　⑦鼋(yuán)：大鳖。逐：从，追求。文鱼：形色可爱的鲤鱼。　⑧渚(zhǔ)：水边。　⑨流澌(sī)：流水。　⑩交手：古人将分别，则相执手表示不忍分离。　⑪美人：指河伯。南浦：向阳的岸边。　⑫隣(lín)隣：同"鳞鳞"，鱼鳞般一排排地。媵(yìng)：古代陪嫁的女子称"媵"，这里作动词，意思是陪伴着，跟随着。

子交手兮东行，送美人兮南浦。

【今译】

和你同游九曲黄河，狂风骤吹，掀起连天巨浪。乘坐的水车用荷叶做盖顶,让双龙驾辕把螭龙配在两旁。登上昆仑山眺望四方,心潮起伏啊神思浩荡。天要晚了，我竟忘了返回住地，我只思念遥远的水乡。用鱼鳞盖屋，用蛟龙绕着栋梁，用紫贝砌宫门，用朱丹涂饰宫墙，神啊，你为何孤独地住在水中央？乘驾着白鼋追逐着鲤鱼,和你一块畅游在河中的岛上,流水啊纷纷地在脚下流淌。你和我携手向东行进，我默默地把你啊送到南方水滨。波浪滔滔前来欢迎，鱼儿列队把我们伴随。

【释义】

战国时代人们把各水系的河神统称河伯。本诗是主祭者随着河神对黄河所做的一番巡礼。此诗一开头，诗人就以开阔的视野，通过主祭者的眼睛对黄河的伟大雄壮进行了描述。大风起兮，波浪翻腾，气势非凡。面对浩浩荡荡的黄河，不禁心胸开阔，意气昂扬。看到这里，我们自然会联想到屈原认宗亲的思想，这种思想贯穿着他的全部作品，贯穿着他对楚国楚君和楚国人民的精诚之爱。他愁思未解时，往往想到故乡。河伯看到故乡后就很悲伤，悲伤之后还是得回到家里。这种情愫既在《离骚》、《远游》等篇中都有明显的流露，那么在本诗中应是又一次表现。一脉相承的故土情结，永远萦绕在华夏儿女的心头。

【原文】

操吴戈兮被犀甲①，车错毂兮短兵接②。旌蔽日兮敌若云③，矢交坠兮士争先④。凌余阵兮躐余行⑤，左骖殪兮右刃伤⑥。霾两轮兮絷四马⑦，援玉枹兮击鸣鼓⑧。天时怼兮威灵怒⑨，严杀尽兮弃原野⑩。出不入兮往不反，平原忽兮路超远⑪。带长剑兮挟秦弓⑫，首身离兮心不惩⑬。诚既勇兮又以武⑭，终刚强兮不可凌⑮。身既死兮神以灵⑯，子魂魄兮为鬼雄⑰！

——《国殇⑱》

注解

①操：拿着。吴戈：吴地制造的戈，最为锋利。被：同"披"。犀甲：犀牛皮制作的铠甲。　②毂(gǔ)：车的轮轴。错毂：指两国双方激烈交战，兵士来往交错。短兵：指刀剑一类的短兵器。③旌(jīng)：用羽毛装饰的旗子。　④矢：箭。　⑤凌：侵犯。躐(liè)：践踏。行(háng)：行列。　⑥骖(cān)：古时用四匹马驾车，中间的两匹叫"服"，两旁的马叫"骖"。殪(yì)：死。⑦霾(mái)：同"埋"，这里指车轮陷入土中。絷(zhí)：绊住。⑧援：拿起。玉枹(fú)：用玉装饰的鼓槌。　⑨天时：天意。怼(duì)：怨恨。威灵怒：神明震怒。　⑩严杀：酣战痛杀。弃原野：指骸骨弃在战场上。　⑪忽：指原野宽广无际。超：同"遥"。⑫秦弓：战国秦地所造的弓，因射程较远而著名。　⑬惩：悔恨。⑭诚：果然是，诚然。武：力量强大。　⑮终：始终。⑯神以灵：指精神永存。　⑰子：指战死者。鬼雄：鬼中雄杰。⑱国殇(shāng)：这里指为国牺牲的将士。

身既死兮神以灵，子魂魄兮为鬼雄！

【今译】

我手拿吴戈啊，犀甲披在身上！战场上车轮交错，短兵相接战。旌旗遮蔽了阳光，敌人如乌云压下，箭矢交加中，战士都争先而上。我冲入敌阵，践踏敌军的兵行，可惜我的左骖倒了，右骖也被砍伤。尘埃掩没了战车，马儿被绊住了啊，我拿起玉槌，还要把战鼓敲响。天怨地怒，神灵也愤懑，一场鏖战，将士尸骸弃蛮荒。您出门不回家，壮士一去不复返，死在茫茫的原野，委身于渺渺的草莽。您佩带着长剑，手执秦弓，首身虽离，仍不改杀敌志向。您真是勇敢而又威武！谁也不能欺凌您啊，始终刚强。您虽身死国难，精神却不朽，您魂魄刚毅，做鬼也是英雄汉！

【释义】

作者用一切美好的事物来修饰笔下的人物。这批神勇的将士，操的是吴地出产的以锋利闻名的戈，秦地出产的以强劲闻名的弓，披的是犀牛皮制的盔甲，拿的是有玉嵌饰的鼓槌，他们生是人杰，死为鬼雄。气贯长虹，英名永存。本篇写楚军抗击强秦入侵，作者那热爱家国的炽烈情感，表现得淋漓尽致。楚国灭亡后，楚地流传过这样一句话："楚虽三户，亡秦必楚。"屈原此作在颂悼阵亡将士的同时，也隐隐表达了对洗雪国耻的渴望，对正义事业必胜的信念，从这个意义上说，他的思想是与楚国广大人民息息相通的。作为中华民族贡献给人类的第一位伟大诗人，他所写的绝不仅仅是个人的些许悲欢，他奉献给人的是那颗热烈得近乎偏执的爱国之心。他是楚国人民的喉管，他所写的《国殇》，唱出了楚国人民热爱家园的心声。

【原文】

当陵阳①之焉至兮，淼南渡之焉如②？曾不知夏之为丘③兮，孰两东门之可芜④？心不怡⑤之长久兮，忧与愁其相接⑥。惟郢路之辽远⑦兮，江与夏之不可涉⑧。忽若⑨不信兮，至今九年而不复⑩。惨郁郁而不通⑪兮，蹇侘傺而含慼⑫。外承欢之汋约⑬兮，谌荏弱而难持⑭。忠湛湛⑮而愿进兮，妒被离而鄣之⑯。尧舜之抗行⑰兮，瞭杳杳而薄天⑱。众谗人之嫉妒兮，被⑲以不慈之伪名。憎愠忨⑳之修美兮，好夫人之忼慨㉑。众踥蹀㉒而日进兮，美超远而逾迈㉓。乱曰：曼余目以流观㉔兮，冀㉕壹反之何时？鸟飞反故乡兮，狐死必首丘㉖。信非吾罪而弃逐㉗兮，何日夜而忘之？！

——《哀郢》节选

注解

①当：面对。陵阳：地名，在今安徽省。 ②淼(miǎo)：大水苍茫望不到边。如：往。 ③曾不旬：我从未想到大厦会成废墟。夏，同"厦"；丘，丘墟。 ④两东门：郢都两个东门。芜：生了荒草。 ⑤怡：快乐。 ⑥接：衔接。 ⑦惟郢路：想起离开郢城的道路。辽远：遥远。 ⑧不可涉：不能渡过。涉：渡。 ⑨忽若：恍惚像是。 ⑩复：同"返"。 ⑪惨郁郁：悲惨忧郁。不同：指不能自解。 ⑫蹇(jiǎn)：发语词。侘(chà)傺(chì)：失意的样子。感：悲伤。 ⑬外：外表。承欢：承君之欢。汋(chuò)约(yuē)：同绰约。 ⑭谌(chén)：诚恳，实在。荏：弱。持：扶持。 ⑮忠：指忠贞的人。湛(zhàn)湛：厚重的样子。 ⑯妒：嫉妒。被：同"披"。被离：伤乱交错的样子。鄣：闭塞。 ⑰尧舜：尧帝和舜帝。抗行：高亢的行为。 ⑱瞭：眼明。杳杳：远状。薄天：接近天。薄：同"迫"。 ⑲被：披，加上。 ⑳憎：憎恨。愠(yùn)惀(lún)：忠心耿耿的样子。 ㉑夫人：那些小人。忼慨：指口头上讲得慷慨激昂。 ㉒众：指众小人。踥(qiè)蹀(dié)：奔走的样子。 ㉓美：指君子。超远：疏远。逾迈：越来越疏远。 ㉔曼：引，展开。曼目：纵目。流观：四方眺望。 ㉕冀：希望。 ㉖首丘：头向山丘。古代相传狐在死时一定将头朝向它生身的小山。 ㉗信：诚然，的确。弃逐：被抛弃放逐。

【今译】

面对着陵阳山还能到哪里？江水浩渺欲往何处？怎料想宗庙

宫室竟成废墟，谁能说郢都两东门就任其荒芜？很久以来心情不快，旧忧未消又添新愁。到郢都的道路如此辽远，长江夏水把归途割断。光阴荏苒似水流年，至今已过九年仍然未能召还。惨恻郁闷襟怀不能舒展，惆怅失意心中悲戚装满。外表一副邀宠媚态，实际上软弱无能难以依赖。良臣忠心耿耿希望为国效力，小人们却纷纷设置障碍。唐尧虞舜都有高尚的德行，光明正大远远地接近神灵。众多嫉妒者群起诋毁，说他们不慈不仁横加罪名。憎恶忠臣的美好品德，喜好小人的巧言令色。平庸者奔走钻营日日高升，贤能者遭嫉妒愈加疏远。尾声：放开我的眼光向四方遥望，什么时候如愿回到国都一趟？鸟雀飞翔终要归还故乡，狐狸临死了头向着栖居的丘岗。确实不是我的罪过而被弃逐，哪里有一天一夜忘记这烦忧！

【释义】

在描述了国都沦陷，人民流离失所的遭遇之后，屈原正面揭示出造成国家危难之根源：朝廷那些奸佞之徒只会逢迎奉承，不仅无能，还没有忧国忧民之心，只知为了一己的利益而诬陷正直之士。在治国安民方面难以倚靠的小人是造成现状的重要原因，但关键还在于当政者喜好怎么样的人。"憎愠忳之修美兮，好夫人之忼慨"，便是屈原对楚王的评价。诗人批判的矛头直接指向最高统治者，作品表现的思想是极其深刻的。"狐死首丘"，自然界有生命意识的动物尚且如此，何况我们人呢？这种精神是爱国主义的一种最直观注解，它胜过诸多纷纭的定义和一切言过其实的自我标榜。爱，就是脚下的土地，生于斯长于斯的百姓。

【原文】

倡曰：有鸟自南兮，来集汉北。好姱佳丽兮，牉①独处此异域。既惸②独而不群兮，又无良媒在其侧。道卓远③而日忘兮，原自申而不得。望北山而流涕兮，临流水而太息。望孟夏④之短夜兮，何晦明之若岁。惟郢路之辽远⑤兮，魂一夕而九逝。曾不知⑥路之曲直兮，南指月与列星。愿径逝⑦而不得兮，魂识路之营营。何灵魂之信直兮，人之心不与吾心同。理弱而媒不同兮，尚不知吾之从容。乱曰：长濑⑧湍流，沂江潭兮。狂顾南行，聊以娱心兮。轸⑨石崴嵬，蹇⑩吾愿兮。超回志度，行隐进兮。低徊夷犹，宿北姑兮。烦冤瞀容⑪，实沛徂⑫兮。愁叹苦神，灵遥思兮。路远处幽，又无行媒兮。道思作颂⑬，聊以自救兮。忧心不遂，斯言谁告兮？

——《抽思》节选

注解

①泮(pàn)：离异。　②惸(qióng)：孤。　③卓远：遥远。
④孟夏：初夏。　⑤辽远：遥远。　⑥曾不知：竟不知。
⑦径逝：直逝，取直路走。　⑧濑(lài)：滩流。　⑨轸(zhěn)：
形容石的形状方如车轸，奇形怪状。崴(wēi)嵬(wéi)：高耸不平
的样子。　⑩蹇：曲折。　⑪瞀(mào)容：乱貌。　⑫沛
(pèi)徂(cú)：情绪急而颠沛奔走。　⑬道思：且行且思。作颂：
作歌。

【今译】

　　和唱：来自楚国的鸟儿，飞到汉北的树上。那么端丽漂亮的鸟儿啊，他离群独处，流落他乡。他形单影只，不与群俗来往，又没有贤人把他荐给君王。路途遥远，他似乎已渐渐被遗忘，他想自己申说，却找不到对象。他唯有望着北边的纪山流泪啊！他只能对着汉水的奔流而长叹！孟夏时节，夜已渐短，他竟度夜如年。通向郢都的道路，是多么遥远哦！灵魂一夜竟来往九遍。不论道路是曲是直，只凭星月辨认南方。想径直回去却不得啊，灵魂在路上碌碌奔忙。为何我的灵魂这样守信正直，为何别人与我的心不一般。媒妁无能啊，消息不通，君王还不知我现在的情形。尾声：浅滩长，湍流急，溯游而上深潭里。且回头而南行吧，姑且让心境略欢畅。怪石崔嵬路不平，回乡的路很难行。北行还是南渡，进退两难费思量。犹豫徘徊在路上，暂且住宿在北姑。我

烦闷而心乱，又颠沛着前往。忧叹使我神伤，心灵中又总想着故乡！道路遥远而幽蔽，又无人为我诉衷情。我一路哀思写成此诗，姑且自救排忧愁。如此忧心不舒畅，我这话儿对谁讲？

【释义】

这部分以由南飞北的鸟儿作譬，刻画了诗人独处汉北时"独而不群"、"无良媒"的处境，其时其地，诗人的忧思益增；"望北山而流涕兮，临流水而太息"两句，令人读之怃然。值得注意的是，诗篇至此巧妙地插进了一段梦境的描写，以此抒写诗人对郢都炽烈的怀念，使读者似乎看到诗人的梦魂由躯体飘出，在星月微光下，直向郢都飞逝，而现实的毁灭在空幻的梦境中得到了暂时的慰藉。这是一段极富浪漫色彩的描绘，读者似与诗人一起，带着忧思，追寻、飞翔……诗篇最后部分的"乱辞"完全照应了开头，也照应了诗题。诗人最终唱出的，依然是失望之辞——因为，梦幻毕竟是梦幻，现实终究是现实，处于进退两难之中的诗人，无法也不可能摆脱既成的困境，他唯有陷入极度矛盾之中而藉诗章以倾吐心绪，此外别无选择。借用一句诗句：为什么我的眼里常含泪水，因为我对这土地爱的深沉。

忠诚于自己的文化

　　屈原热爱楚国，对楚文化一往情深。屈原的所有作品皆"书楚语、作楚声、名楚物"，大量采用楚地的方言、方音，尤其反复使用语气词"兮"字，体现了人民的口头语言，读来琅琅上口。他还运用有代表性、有生命力的楚地人民口头语言，使诗句灵活多样、参差错落，富有音乐的弦律美。屈原的楚辞，还保留着它的远祖祭祀之歌的本色，蒙着宗教、神话的奇异色彩，创作方法上表现为浓丽的浪漫主义。它充满了神话传说、神灵鬼怪的描写，对现实生活，通过幻想的折光来表现。用的多是香草美人之类的比兴手法。屈原深情地写男女爱情，在诗中不时的借用男女情爱的心理来表达自己的希望与失望，坚贞与被嫉，苦恋与追求，用爱情来比喻，用爱情的心理来刻画自己对君国的忠诚和哀怨眷恋之情。宋玉的《九辩》，在继承中又有发展，把楚辞从神的世界的幻想过渡到对人世间的揭露。

　　本单元选读的内容，试图从文化的角度解读屈原的忠诚。

第一节 巫文化的浪漫气息

【原文】

成礼兮会鼓①，传芭兮代舞②。姱女倡兮容与③。春兰兮秋菊，长无绝兮终古④。

——《礼魂》

注解

①成礼：祭祀完成，礼毕。 ②芭：同"葩(pā)"，香草名。代：更迭，轮番。 ③姱(kuā)女：美好的巫女。倡：同"唱"，唱歌。容与：舒缓、从容。 ④终古：永远。

【今译】

祭礼完毕一同敲鼓，传递香草大家轮番来跳舞。美巫来领唱，唱得多轻舒。春天献兰花，秋天奉菊花，祭礼不绝，千秋万古。

【释义】

诗篇以简洁的文字生动描绘出一个热烈而隆重的大合乐送神场面。激烈的鼓点，欢快的舞步，人们传递香草做着游戏，让神灵快乐，这就达到了祈神许愿的目的。诗末"春兰兮秋菊，长无绝兮终古"两句，完成了组诗的整体布局。用香草美人喻清平世界，用香草美人作为贯穿组诗各篇的连结线。通过送神，表现了诗人对楚国文化的深深热爱，展示了矢志不渝的报国情怀。

【原文】

魂兮归来！东方不可以托些。长人千仞，惟魂是索些。十日代出，流金铄石些。彼皆习之，魂往必释些。归来归来！不可以托些。魂兮归来！南方不可以止些。雕题黑齿^①，得人肉以祀，以其骨为醢^②些。蝮蛇蓁蓁^③，封狐^④千里些。雄虺^⑤九首，往来倏^⑥忽，吞人以益^⑦其心些。归来归来！不可久淫^⑧些。魂兮归来！西方之害，流沙千里些。旋入雷渊^⑨，靡^⑩散而不可止些。幸而得脱，其外旷宇些。赤蚁若象，玄蜂若壶⑪些。五谷不生，藂菅⑫是食些。其土烂人，求水无所得些。彷徉无所倚，广大无所极些。归来归来！恐自遗贼⑬些。魂兮归来！北方不可以止些。增⑭冰峨峨，飞雪千里些。归来归来！不可以久些。魂兮归来！君无上天些。虎豹九关⑮，啄害下人些。一夫九首，拔木九千些。豺狼从⑯目，往来侁侁⑰些。悬人以嬉，投之深渊些。致命⑱于帝，然后得瞑些。归来归来！往恐危身些。魂兮归来！君无下此幽都⑲些。土伯九约⑳，其角觺觺㉑些。敦脄㉒血拇，逐人駓駓㉓些。参㉔目虎首，其身若牛些。此皆甘人㉕。归来归来！恐自遗灾些。

——《招魂》节选

注解

①雕题黑齿：额头上刻花纹，牙齿染成黑色。指南方未开化的野人。题，额头。　②醢(hǎi)：肉酱。　③蓁(zhēn)蓁：树木丛生，积聚在一起。　④封狐：大狐。　⑤虺(huī)：毒蛇。　⑥倏(shū)：忽然。　⑦益：补。　⑧淫：久留。　⑨雷渊：神话中的深渊。　⑩靡(mǐ)：同"糜"，粉碎。　⑪壶：同"瓠"，葫芦。　⑫藂(cóng)：聚集。菅(jiān)：一种野草，细叶绿花褐果。　⑬贼：残害。　⑭增：同"层"。　⑮九关：指九重天门。　⑯从(zòng)：同"纵"，直。　⑰侁(shēn)：众多的样子。　⑱致命：上报。　⑲幽都：神话中地下鬼神统治的地方。　⑳土伯：地下王国的神灵。约：弯曲。　㉑觺(yí)觺：尖利的样子。　㉒敦(dūn)脄(méi)：厚背。　㉓駓(pī)駓：跑得很快的样子。　㉔参：同"三"。　㉕甘人：以食人为甘美。

【今译】

　　魂啊，回来吧！东方不可以居住生活。那里巨人身高无比，只等着勾你的魂魄。十个太阳轮番升起，石头金属都能熔化。当地的居民都已经习惯，而你一去必定魂飞魄散。回来吧，那里不能够居住生活。"魂啊，回来吧！南方不可以居住。野人额上刻花纹，涂黑牙齿，抢来人肉作祭祀，还把他们的骨头磨成浆吃。那里毒蛇如草一样遍地，大狐狸千里内到处都是。雄虺蛇长着九个脑袋，来来往往飘忽迅捷，吞食人类为求补心。回来吧，那里不是久留之地。魂啊，归来吧！西方有灾害，黄沙漫漫处处尘埃。流沙片刻将你埋，卷进雷渊，粉碎一切不可待。侥幸逃脱出来，四外一片死寂。红蚂蚁大得像巨象，黑蜂儿大得像葫芦。那里五谷不能生长，只有丛丛茅草作食粮。沙土能把人烤烂，想要喝水更是天方夜谭。彷徨怅惘没有依靠，广漠荒凉没有尽头。回来吧。恐怕自身遭受戕害！魂啊，回来吧！北方不可以停留。那里层层土块被冻住，漫天飞雪笼罩天空。回来吧，不能够耽搁得太久！魂啊，归来吧！你不要硬闯九天。九重天的关门有虎豹把守，专咬凡人尝个够。还有一个九头怪，拔起九千棵大树当弄小菜。那眼睛直长的豺狼，来往奔跑找吃的对象。把人甩来甩去作游戏，最后扔他到不见底的水底。最后向天帝报告敷衍了事，这以后你才会闭眼断气。回来吧，九重天的危险要解除！魂啊，回来吧！你不要下到阴曹地府。那里有身形扭成九曲的土伯，它头上的尖角锐利无比。脊背肥厚拇指沾血，追起人来快如闪电。还有三只眼睛的虎头怪，身体像牛一样强壮。这些怪物都喜欢吃人，回来吧！恐怕自己要遭受祸害。

【释义】

这一部分写东、南、西、北、天上、地下的可畏可怖。这里取用了许多神话材料，写得诡异莫测。神话的瑰奇本是具有现实基础的，联系这种基础，可知想象的合理性；神话又是经过幻想加工改造的，赋予了令人炫目的奇幻色彩，更能激发起人们的审美兴味。本段正是如此，如写到东方，东方是太阳升起的地方，而古代神话有十日并出烤焦大地的故事，作者用来形容东方的危险，便十分巧妙。又如写到西方，沙漠无边，不生五谷，无水可饮，又有赤蚁、玄蜂等毒虫，使人无法生存。这种种描写相当准确，使人惊叹作者具有相当丰富的地理知识，夸张的描写并未脱离现实基础。又如写到天上、地下，都有残忍无比的怪物据守着。保存了原始神话中的神秘性和原始性的特点。浪漫的气息扑面而来，让人思索、回味。

【原文】

吉日兮辰良①，穆将愉兮上皇②。抚长剑兮玉珥③，璆锵鸣兮琳琅④。瑶席兮玉瑱⑤，盍将把兮琼芳⑥。蕙肴蒸兮兰藉⑦，奠桂酒兮椒浆⑧。扬枹兮拊鼓⑨，疏缓节兮安歌⑩，陈竽瑟兮浩倡⑪。灵偃蹇兮姣服⑫，芳菲菲兮满堂⑬。五音纷兮繁会⑭，君欣欣兮乐康⑮。

——《东皇太一》

注解

①辰良：美好的时辰。　②穆：恭敬。　③珥(ěr)：剑柄。④璆(qiú)锵：佩玉碰击的声音。琳琅：美玉。　⑤瑶席：做工精美的席子。玉瑱(zhèn)：压席用的玉器。　⑥将把：摆设的动作。琼芳：琼，美玉。琼芳，形容花色像美玉一样艳丽。　⑦肴(yáo)蒸：祭祀的肉。　⑧椒浆：花椒浸泡的酒水。　⑨枹(fú)：鼓槌。拊(fù)：击。　⑩疏缓节：指击拍的节奏疏缓适度。安歌：指节奏旋律舒缓的歌。　⑪倡：同"唱"。　⑫灵：指祭拜的神。偃(yǎn)蹇(jiǎn)：优美的舞姿。　⑬菲菲：香气弥漫的样子。⑭五音：我国古代音乐的五种音阶，指宫、商、角、徵(zhǐ)、羽。⑮君：指东皇太一。

【今译】

良辰美景啊好时光，恭敬虔诚啊祭东皇。手按着镶玉的剑柄，满身环佩响叮当。精美的席子啊，玉石压住边框，摆设的鲜花啊，吐露芬芳。蕙草包着的祭肉啊，用兰叶垫底，花椒浸泡的美酒啊飘香。扬起鼓槌啊，敲起鼓，节奏舒缓，歌声悠扬，和着竽瑟的伴奏，人们放声歌唱。东皇神女啊美丽轻盈，华美的服装，香气浓郁啊溢满了祭堂。乐曲悠扬，响彻四方，神君欢喜啊又健康！

【释义】

本篇祭祀的是最尊贵的神。天，是宇宙万物的主宰，人们的苦难和幸福都在它的运化之中。对它，谁都是有着崇高的敬意的。可是在另一方面，作为祭祀对象的天神，它却是至大无外、至高无上的大自然的化身，和风、云、雷、电其他的一切自然神不同，在人们的认识上是缺乏着明确而具体的概念的。本篇对于神的形象，没有做任何的描写，对于神的功德，也没有做正面歌颂；而只是从环境气氛的渲染里表达出敬神之心，娱神之意。这一切都围绕着一个中心问题，那就是祭神以祈福。神明能否赐福，在祭神者看来，首先决定于人的敬意是否能够娱神。篇首以"穆将愉兮上皇"统摄全文，篇末以"君欣欣兮乐康"做结，一呼一应，贯穿着祭神时人们的精神活动，从而突出了主题。

选读

【原文】

浴兰汤兮沐芳^①，华采衣兮若英^②。灵连蜷兮既留^③，烂昭昭
兮未央^④。謇将憺兮寿宫^⑤，与日月兮齐光。龙驾兮帝服^⑥，聊翱
游兮周章^⑦。灵皇皇兮既降，猋远举兮云中^⑧。览冀州^⑨兮有馀，
横四海兮焉穷？思夫君兮太息，极劳心兮忡忡^⑩。

——《云中君》

注 解

①浴：洗身体。兰汤：指芳香的热水。沐：洗头发。芳：代指芳
香的水。　②若英："英"同"瑛"，指玉光。"若英"，是指像
玉光那样灿烂。　③灵：指云中君。　④未央：无穷无尽。
⑤謇(jiǎn)：发语词。寿宫：指供神的神堂。　⑥龙驾：驾龙车。
帝服：穿五方帝色的衣服。　⑦周章：周游往来。　⑧猋
(yān)：快速地。远举：远远地高飞。　⑨冀州，古代中国分为冀、
兖(yǎn)、青、徐、扬、荆、豫、梁、雍九州，冀州为九州之首，
这里代指中国。　⑩忡(chōng)忡：忧虑不安。

【今译】

兰汤洗浴啊，芳水沐发，华美的衣裳，玉光闪闪。云神在空
中翩跹流连，灿烂的神光，辉煌无边。那高峻安稳的寿宫神堂，
有如日月一般永放光芒。月神驾着龙车，穿着高贵的服饰，还在
那碧海青天翱翔盘桓。看，辉煌的云神已经降临！哦，她又迅疾

览冀州兮有馀，横四海兮焉穷？

地在云中穿行！她俯览中国，目及九州之外，她泽被天下，光辉
照耀四海。思念你哟，云神，我失声长叹！忧心忡忡啊，云神，
我为你心烦！

【释义】

本篇是一首祭云神的诗歌。以对唱的形式，来颂扬云神，表
现对云神的思慕之情。祭云神是为了下雨，希望云行雨施，风调
雨顺。《云中君》对神的思念，只是表现人对云、对雨的企盼之情。
此篇无论人的唱词、神的唱词，都从不同角度表现出云神的特征，
表现出人对云神的企盼、思念，与神对人礼敬的报答。一往情深，
溢于言表。

【原文】

君不行兮夷犹①，蹇谁留兮中洲②？美要妙兮宜修③，沛吾乘
兮桂舟④。令沅湘兮无波⑤，使江水兮安流。望夫⑥君兮未来，吹
参差⑦兮谁思？驾飞龙兮北征⑧，邅吾道兮洞庭⑨。薜荔柏兮蕙
绸⑩，荪桡兮兰旌⑪。望涔阳兮极浦⑫，横大江兮扬灵⑬。扬灵
兮未极⑭，女婵媛⑮兮为余太息。横流涕兮潺湲⑯，隐思君兮陫
侧⑰。桂棹兮兰枻⑱，斫⑲冰兮积雪。采薜荔兮水中，搴芙蓉兮木

末^⑳。心不同兮媒劳^㉑，恩不甚兮轻绝^㉒。石濑兮浅浅^㉓，飞龙兮翩翩^㉔。交^㉕不忠兮怨长，期不信兮告余以不闲^㉖。鼂骋骛兮江皋^㉗，夕弭节兮北渚^㉘。鸟次^㉙兮屋上，水周^㉚兮堂下。捐余玦^㉛兮江中，遗余佩兮澧^㉜浦。采芳洲兮杜若^㉝，将以遗兮下女^㉞。时不可兮再得，聊逍遥兮容与^㉟。

——《湘君^㊱》

注解

①君：指湘君。夷犹：迟疑不决。 ②骞(jiǎn)：发语词。洲：水中陆地。 ③要眇(miǎo)：美好的样子。宜修：恰到好处的修饰。 ④沛：水大而急。桂舟：桂木制成的船。⑤沅(yuán)湘：沅水和湘水，都在湖南。无波：不起波浪。⑥夫：语助词。 ⑦参差：高低错落不齐，此指排箫，相传为舜所造。 ⑧飞龙：雕有龙形的船只。北征：北行。⑨邅(zhān)：转变。洞庭：洞庭湖。 ⑩薜(bì)荔(lì)：蔓生香草。柏：同"箔"，帘子。蕙：香草名。绸：帷帐。 ⑪荪：香草，即石菖蒲。桡(ráo)：短桨。兰：兰草。旌：旗杆顶上的饰物。⑫涔(cén)阳：在涔水北岸，洞庭湖西北。极浦：遥远的水边。⑬横：横渡。扬灵：显扬精诚。 ⑭极：至，到达。 ⑮女：侍女。婵媛：眷念多情的样子。 ⑯横：横溢。潺湲(yuán)：缓慢流动的样子。 ⑰陫(fèi)侧：即"悱恻"，内心悲痛的样子。 ⑱棹：长桨。枻(yì)：短桨。⑲斫(zhuó)：砍。⑳搴(qiān)：拔取。芙蓉：荷花。木末：树梢。㉑媒：媒人。

时不可兮骤得，聊逍遥兮容与。

劳：徒劳。　㉒眇：深远。轻绝：轻易断绝。　㉓石濑(lài)：
石上急流。浅浅：水流湍急的样子。　㉔翩翩：轻盈快疾的样子。
㉕交：交往。　㉖期：相约。不闲：没有空闲。　㉗鼌
(zhāo)：同"朝"，早晨。骋(chéng)骛(wù)：急行。皋：水旁高地。
㉘弭(mǐ)：停止。节：策，马鞭。渚：水边。　㉙次：止息。
㉚周：周流。　㉛捐：抛弃。玦(jué)：环形玉佩。　㉜遗：留下。
佩：佩饰。澧(lǐ)：澧水，在湖南省，流入洞庭湖。　㉝芳洲：
水中的芳草地。杜若：香草名。　㉞遗(wèi)：赠予。下女：指
身边侍女。　㉟聊：暂且。容与：舒缓放松的样子。　㊱湘君：
湘水之神，男性。一说即巡视南方时死于苍梧的舜。

【今译】

　　湘君啊你迟疑不走，因谁停留在水中的沙洲？美丽靓装迎接
你，我在急流中驾起桂舟。命令沅、湘风浪平，还让江水缓缓
流。泪眼望穿君不来，吹起排箫为谁思情悠悠？驾起龙船向北远
行，转个弯儿到洞庭。用薜荔作帘蕙草作帐，用香荪饰桨木兰饰
旌。眺望涔阳在那边，横渡大江显精诚。赤忱的心灵无处安停，
多情的侍女也为我叹息。眼泪横流止不住，悲思湘君痛断肠。玉
桂制长桨木兰作短楫，划开水波似凿冰融雪。想在水中把薜荔摘
取，想在树梢把荷花采撷。两心不相同空劳媒人，相爱不深感情
便容易断绝。石滩之流呀浅浅，飞龙之舟啊翩翩。不忠诚的爱情
怨恨深长，不守信的人儿却对我说没空赴约。早晨在江边匆匆赶路，

傍晚把车停靠在北岸。鸟儿栖息在屋檐之上,水儿回旋在华堂之前。把我的玉环抛向江中,把我的佩饰留在澧水边。在流芳的沙洲采来杜若,宁愿把它送给陪侍的女伴。良辰美景不能再来,暂且放慢脚步逍遥盘桓。

【释义】

《湘君》是最富生活情趣和浪漫色彩的作品之一。它从女性的视角,表达了因男神未能如约前来而产生的失望、怀疑、哀伤、埋怨等复杂感情。诗歌先写美丽的湘夫人精心的打扮,虔诚的祈祷和对湘君的无限思念。接着写久等不至的湘夫人驾着轻舟,深情的企盼,执著的追求,最后变成了失望至极的怨恨之情的直接宣泄。"心不同"、"恩不甚"、"交不忠"、"期不信"的一连串斥责和埋怨,深含着希望一次次破灭的强烈痛苦。正所谓爱之愈深,责之愈切,诗歌把一个大胆追求爱情的女子的内心世界表现得淋漓尽致。而把玉环抛入江中的过激行动,也是上述四个"不"字的必然结果。对爱情的忠诚,从某种意义上可以说是一切忠诚的基础和前提。读到这里,人们同情、惋惜之余,还不免带些遗憾。最后四句,当湘夫人心情逐渐平静下来,在水中的芳草地上采集杜若准备送给安慰她的侍女时,一种机不可失、时不再来的感觉油然而生。于是她决定"风物长宜放眼量",从长计议,松弛一下绷紧的心弦,慢慢等待。这样的结尾使整个故事和全首歌曲都余音袅袅,并与篇首的疑问遥相呼应,给人留下了想象的悬念。

第二节　楚地民歌的现实精神

【原文】

魂兮归来！入修门①些。工祝②招君，背行③先些。秦篝齐缕④，郑绵络⑤些。招具⑥该备，永⑦啸呼些。魂兮归来！反⑧故居些。天地四方，多贼奸些。像设⑨君室，静闲安些。高堂邃宇，槛层轩⑩些。层台累榭，临高山些。网户朱缀⑪，刻方连⑫些。冬有突⑬厦，夏室寒些。川谷径复⑭，流潺湲些。光风转蕙，氾崇⑮兰些。经堂入奥⑯，朱尘筵⑰些。砥室翠翘⑱，挂曲琼⑲些。翡翠珠被，烂齐光⑳些。蒻阿㉑拂壁，罗帱㉒张些。纂组绮缟㉓，结琦璜㉔些。室中之观，多珍怪些。兰膏㉕明烛，华容备些。二八㉖侍宿，射递㉗代些。九侯㉘淑女，多迅㉙众些。盛鬋㉚不同制，实满宫些。容态好比㉛，顺弥代㉜些。弱颜固植㉝，謇㉞其有意些。姱容修㉟态，絙㊱洞房些。蛾眉曼睩㊲，目腾光些。靡颜腻理㊳，遗视矊㊴些。离榭修幕，侍君之闲些。翡帷翠帐，饰高堂些。红壁沙版，玄玉梁些。仰观刻桷㊵，画龙蛇些。坐堂伏槛，临曲池些。芙蓉始发，杂芰荷㊶些。紫茎屏风㊷，文㊸缘波些。文异豹饰㊹，侍陂陁㊺些。轩辌既低㊻，步骑罗些。兰薄㊼户树，琼木篱些。魂兮归来！何远为些。

注解

①修门：郢都城南三门之一。　②工祝：工巧的巫人。　③背行：倒退着走。　④秦篝(gōu)：秦国出产的竹笼，用以盛被招者的衣物。齐缕：齐国出产的丝线，用以装饰"篝"。　⑤郑绵络：郑国出产的丝棉织品，用作"篝"上遮盖。　⑥招具：招魂用品。⑦永：长。　⑧反：同"返"。　⑨像设：假想陈设。　⑩槛(jiàn)：栏杆。轩：走廊。　⑪网户：刻镂网状空格的门户。朱缀：交缀处涂上红色。　⑫方连：方格图案。　⑬窔(yǎo)：深密。⑭径：直。复：曲，指川谷水流曲折。　⑮崇：同"丛"。⑯奥：内室。　⑰尘筵：铺在地上的竹席。　⑱砥室：形容地面、墙壁都磨平光亮像磨刀石一样。翠翘：翠鸟尾上的羽毛。⑲曲琼：玉钩。　⑳齐光：色彩辉映。　㉑蒻(ruò)阿：细软的缯帛。　㉒帱(chóu)：帐子。　㉓纂(zuǎn)组绮缟：指四种颜色不同的丝带。纂，赤色丝带；组，杂色丝带；绮，带花纹的丝织品；缟：白色的丝织品。　㉔琦璜：美玉。　㉕兰膏：泛言有香气的油脂。　㉖二八：以八人为行。二八十六人。㉗射(yì)：厌。递：更替。　㉘九侯：泛指列国诸侯。㉙迅：同"洵"，真正。　㉚盛鬋(jiàn)：浓密的鬓发。　㉛比：并。　㉜顺：同"洵"，确实。弥代：盖世。　㉝弱颜：容貌柔嫩。固植：身体健康。　㉞謇(jiǎn)：发语词。　㉟姱(kuā)：美好。修：美。　㊱絚(gēng)：绵延。　㊲曼：长。睩(lù)：眼珠转动。　㊳靡：细致。腻：光滑。理：肌肤。　㊴矊(mián)：目光深长。　㊵桷(jué)：方的椽子。　㊶芰(jì)荷：荷叶。　㊷屏风：荐莱，又名水葵。一种水生植物。　㊸文：同"纹"，指纹纹。　㊹文异：文彩奇异。豹饰：以豹皮为饰，指侍卫武士的装束。　㊺陂(pō)陁(tuó)：高低不平的山坡。㊻轩：有篷的轻车。辌(liáng)：可以卧息的安车。低：同"抵"，到达。　㊼薄：草木丛生。

光风转蕙，氾崇兰些。

【原文】

室家遂宗⁴⁸，食多方⁴⁹些。稻粱穱⁵⁰麦，挐黄粱⁵¹些。大苦咸酸，辛甘行⁵²些。肥牛之腱⁵³，臑⁵⁴若芳些。和酸若苦，陈吴羹⁵⁵些。胹鳖炮⁵⁶羔，有柘浆⁵⁷些。鹄酸臇⁵⁸凫，煎鸿鸧⁵⁹些。露鸡臛⁶⁰蠵，厉而不爽⁶¹些。粔籹蜜饵⁶²，有怅惶⁶³些。瑶浆蜜勺⁶⁴，实羽觞⁶⁵些。挫糟冻饮，酎⁶⁶清凉些。华酌既陈，有琼浆些。归来反故室，敬而无妨些。肴羞未同⁶⁷，女乐罗些。陈钟按鼓，造新歌些。涉江采菱⁶⁸，发扬荷⁶⁹些。美人既醉，朱颜酡⁷⁰些。嬉光眇⁷¹视，目曾⁷²波些。被文服纤⁷³，丽而不奇些。长发曼鬋，艳陆离⁷⁴些。二八齐容⁷⁵，起郑舞⁷⁶些。衽若交竿⁷⁷，抚案下⁷⁸些。竽瑟狂会，搷⁷⁹鸣鼓些。宫庭震惊，发激楚⁸⁰些。吴歈蔡讴⁸¹，奏大吕⁸²些。士女杂坐，乱而不分些。放陈组缨⁸³，班⁸⁴其相纷些。郑卫妖玩⁸⁵，来杂陈些。激楚之结，独秀先⁸⁶些。菎蔽象棋⁸⁷，有六簙⁸⁸些。分曹⁸⁹并进，遒相迫些。成枭而牟⁹⁰，呼五白⁹¹些。晋制犀比⁹²，费白日⁹³些。铿钟摇簴⁹⁴，揳梓瑟⁹⁵些。娱酒不废，沉日夜些。兰膏明烛，华灯错⁹⁶些。结撰至思⁹⁷，兰芳假些。人有所极⁹⁸，同心赋些。酎饮尽欢，乐先故⁹⁹些，魂兮归来！反故居些。

——《招魂》节选

注解

㊽宗：聚。　㊾多方：多种多样。　(50)粢(zī)：小米。穱(zhuō)：早熟麦。　(51)挐(rú)：掺杂。黄粱：黄小米。　(52)辛：辣。行：用。　(53)腱(jiàn)：蹄筋。　(54)胹(nào)：炖烂。　(55)吴羹：吴地浓汤。　(56)胹(ér)：煮。炮：烤。　(57)柘(zhè)浆：甘蔗汁。　(58)鹄酸：酸鹄。鹄，天鹅。臇(juàn)：少汁的羹。　(59)鸿鸧(cāng)：鸿，大雁；鸧，即鸧鸹，一种似鹤的水鸟。　(60)露：同“卤”。臛(huò)：肉羹。蠵(xī)：大龟。　(61)厉：浓烈。爽：败、伤。　(62)粔(jù)籹(nǚ)：用蜜和面粉制成的环状饼。饵：糕。　(63)怅(zhāng)惶(huáng)：麦芽糖。　(64)勺：同“酌”。　(65)羽觞：古代一种酒器。　(66)酎(zhòu)：醇酒。　(67)同：同“彻”，撤去。　(68)涉江、采菱：楚国歌曲名。　(69)扬荷：多作《阳阿》，楚国歌曲名。　(70)酡(tuó)：喝酒脸红。　(71)嬉光：形容撩人的目光。眇：同“妙”。　(72)曾：同“层”。　(73)被：同“披”。文：文绣。纤：细软。　(74)陆离：形容色彩斑斓。　(75)二八：指两队女乐。齐容：装束一样。　(76)郑舞：郑国的舞蹈，比较放纵。　(77)衽：衣襟。交竿：衣襟相交如竿。　(78)抚：同“拊”，拍击。案：同“按”。下：似指弯腰下屈的舞蹈动作。　(79)搷(tián)：猛击。　(80)激楚：楚国的歌舞曲名。　(81)吴歈(yú)：吴地之歌。蔡讴：蔡地之歌。　(82)大吕：乐调名。　(83)组：系佩饰的丝带。缨：帽带。　(84)班：同“斑”。　(85)妖玩：指妖娆的女子。　(86)秀先：优秀出众。　(87)菎(kūn)蔽：饰玉的筹码，赌博用具。象棋：象牙棋子，六簙用具。　(88)六簙(bó)：一种棋戏。可用来赌博。　(89)分曹：相对的两方。　(90)枭：博戏术语。成枭棋则可取得棋局上的鱼，得二筹。牟：取。　(91)五白：五颗骰子组成的特彩。得此可胜。　(92)犀比：犀角制的带钩，用作赌胜负的彩注。　(93)白日：指一天时光。　(94)铿：象声词。簴(jù)：钟架。　(95)揳(xiē)：抚。梓瑟：梓木所制之瑟。　(96)错：错落安置。　(97)结撰：构思。至思：尽心思考。　(98)极：极致，此指极度快乐。　(99)先故：先祖与故旧。

【今译】

　　魂啊，回来吧！快进入郢都的修门。能干的巫师为君王开道，背向前方倒退着引路。秦国的篝笼齐国的丝线，再用郑国的丝绵织品盖起来。招魂的器具已经备好，快发出长长的呼叫。魂啊，回来吧！返回故乡不再流浪。天地上下四面八方，残害人的小人多嚣张。居室仿照你原先布置的模样，舒适恬静十分安宁。深深的屋宇高高的大堂，几层栏杆围护着轩廊。层层亭台重重楼榭，面对着优美的山景。大门镂花涂满红色，方格的图案密密相连。冬天的深宫温暖，夏天的内厅清凉。山道弯弯漫长，溪水潺潺流淌。阳光明媚，蕙草摇动，<u>丛丛香兰吐露芬芳</u>。穿过大堂进入内屋，红砖铺地竹席铺设。装饰翠羽的石室光亮，挂着屈曲玉钩的墙头晶莹。翡翠珠宝镶嵌被褥，灿烂生辉艳丽动人。细软的丝绸壁间悬挂，罗纱帐子张设在中央。四种不同的丝带色彩缤纷，系结着块块美玉闪亮照人。宫室中那些陈设景观，丰富珍贵多姿多彩。香脂制的烛光热烈通明，美人的花容月貌分外光鲜。十六位侍女来陪宿，没完没了的轮番替代。列国诸侯的淑美女子，人数众多个个光亮。发式秀美各种各样，后宫中一时间熙熙攘攘。容颜姣好各领风骚，真是风华绝代盖世无双。面貌娇柔身体健康，柔情蜜意令人心情摇荡。俏丽的容颜美妙的体态，在洞房中不断地来来往往。弯弯的峨眉下明眸转动，顾盼之间秋波流光。肌肤细腻如脂如玉，动人的一瞥意味深长。离宫别馆大幕修长，消闲解闷她们侍奉君王。张挂起翡翠色的帷帐，装饰那高高的殿堂。红漆髹墙壁丹砂涂护板，还有黑玉一般的大屋梁。抬头看那雕刻的方椽，画的是飞龙的形象。坐在厅堂或倚着栏干，前面就是弯曲的池塘。荷花才开始绽放，间杂着的荷叶肥壮。紫茎的荇菜铺满水面，风吹波痕抖动在绿波之上。身着文彩奇异的豹皮服饰，侍卫们守在山丘坡岗。有篷的卧车来到，步骑随从两旁站好。丛丛兰草门旁种满，株株玉树形成篱笆护墙。魂啊，回来吧！为什么还要滞留远方？家族聚会人头攒动，食品味美特别丰富。大米小米早熟的麦，掺杂香美的小米更有味。苦辣酸甜都用上。肥牛的蹄筋是佳肴，炖得酥酥烂扑鼻香。调和好酸味和苦味，端上来吴国的羹汤。清炖甲鱼火烤羊羔，再蘸上新鲜的甘蔗糖浆。醋熘天鹅肉煲煮野鸭块，另有滚油煎炸的大雁小鸽。卤鸡配上大龟熬的肉羹，味道浓烈而又脾胃不伤。甜面饼和蜜米糕作点心，还加上很多麦芽糖。晶莹如玉的美酒掺和蜂蜜，斟满酒杯供人品尝。酒糟中榨出清酒再冰冻，饮来醇香可口倍感清凉。豪华的宴席已经摆上，喝的都是玉液琼浆。归来吧，返回故乡，礼遇有加生活有保障。丰盛的酒宴还未散席，舞女和乐队就先后登场。放好编钟再把大鼓摆上，新作的乐曲歌声嘹亮。唱罢《涉江》再唱《采菱》，更有《阳阿》一曲歌声扬。美人已经微醉，羞涩的面庞更添红光。脉脉含情撩人心房，秋波流转水汪汪。披着刺绣的轻柔罗衣，色彩华丽并不乖张。长长的黑发高高的云鬓，五光十色艳丽非常。一样妆饰的舞女二八分行，跳着郑国的舞蹈上场。摆动的衣襟像竹枝摇曳狂放，弯下身子拍手鼓掌。吹竽鼓瑟狂热嘹亮，猛烈的鼓声咚咚响。宫殿庭院都颤抖,唱出的《激楚》歌声高昂。献上吴国蔡国的俗曲，奏着大吕调配合声腔。男女纷杂交错着坐下,位子散乱分不清方向。解开缓带帽缨放在一旁，色彩斑斓缤纷鲜亮。郑国卫国的妖娆女子，纷至沓来排列堂上。唱到《激楚》之歌的结尾，独领风骚技压群芳。饰玉筹码象牙棋的赌具，用来玩六簙棋游戏。分成两方对弈各自落子，双方杀的是风生水起。掷彩成枭就取鱼得筹，大呼五白求胜性起。赢得了晋国制的犀带钩，一天光阴耗尽不在意。钟声铿锵钟架摇晃，抚弦再把梓瑟弹唱。饮酒娱乐不肯停歇，沉湎其中日夜相继。带兰香的明烛多灿烂，华美的灯盏错落有致。精心构思撰写文章，文采绚丽借得幽兰香气。人们高高兴兴快乐到极致，一起赋诗表达共同的心意。畅饮美酒尽情欢笑，先祖故旧也会跟着心旷神怡。魂啊，回来吧！快快返回故里。

【释义】

　　这一部分是写郢都修门之内的豪华生活。近年许多楚墓的发掘文物，完全可以证实其写实性。这一部分展示了故居的宫室、美女、饮食、歌舞、游戏之盛，描写了那种无日无夜的享乐生活。作者的描写是具体生动的。如写宫室园囿，既总写了建筑的外观、布局，池苑风物，又详写室内的装饰、布置，以及处于其间的人的活动——主要是美女的活动。文章中时时点染以人的活动、感受，更为传神。如写赌博的场面，将那种不顾礼仪、忘乎所以的情形，那种将袖揎拳、呼五喝六的神态，穷形尽相地描绘了出来。写得最精彩的，要数对美人和风物的刻画。如写到苑中之景，说："川谷径复，流潺湲些。光风转蕙，氾崇兰些。"溪流蜿蜒，汩汩有声，微风挟着阳光，摇动着香草，泛起阵阵清香。"光风"二字语简义丰，形容极为准确。这两句确实是当之无愧的名句。带有感情的想象和描写，字里行间跳动着一颗忠诚的心。

【原文】

广开兮天门①，纷吾乘兮玄云②。令飘风兮先驱③，使冻雨兮洒尘④。君回翔兮以下⑤，逾空桑兮从女⑥。纷总总兮九州⑦，何寿夭兮在予⑧？高飞兮安翔，乘清气兮御阴阳⑨。吾与君兮齐速⑩，导帝之兮九坑⑪。灵衣兮被被⑫，玉佩兮陆离⑬。一阴兮一阳⑭，众莫知兮余所为。折疏麻兮瑶华⑮，将以遗兮离居⑯。老冉冉兮既极⑰，不寖近兮愈疏⑱。乘龙兮辚辚⑲，高驰兮冲天⑳。结桂枝兮延伫㉑，羌愈思兮愁人㉒。愁人兮奈何！愿若今兮无亏㉓。固人命兮有当㉔，孰离合兮何为㉕？

——《大司命》

注解

①广开：大开。天门：上帝所居紫微宫门。　②纷：多。吾：大司命自谓。玄云：黑云。乘玄云即乘云车。　③飘风：大旋风。　④涷(dòng)雨：暴雨。　⑤君：主祭者对大司命的尊称，下同。　⑥逾：越过。空桑：山名。女(rǔ)：汝，你。　⑦纷总总：盛多的样子，言九州岛人类之多。　⑧寿：长寿。夭：早亡。予：我。　⑨清气：天空中的元气，也称作"精气"。阴阳：阴阳二气，此处兼及阴阳变化而言。　⑩齐速：严肃地快步走，也叫"趋"，为恭谨的样子。　⑪九冈：冈，山脊，高地。九冈，九州岛的代称。　⑫被(pī)被：同"披披"，飘动的样子。　⑬陆离：光彩闪耀的样子。　⑭一阴兮一阳：指万物生成之理。　⑮瑶华："华"，同"花"。瑶华：玉色的花。　⑯遗(wèi)，赠予。　⑰冉冉：渐渐地。极：至。　⑱浸(jìn)近：浸，渐渐。浸近，渐渐使之亲近。　⑲辚辚：车声。　⑳驰(chí驰)：同"驰"。　㉑延伫：延缓停留。　㉒羌：何为。　㉓若今：像今天一样。无亏：身体没有亏损。　㉔固：本来。当：当然，本来的样子。　㉕孰：谁。离合：指人与神的分离与聚合。为：动词，引申为任意安排。

【今译】

（大司命:)敞开紫微宫的大门，驾乘着浓密的黑云，我要巡游。命令旋风为我开路先行，指派暴雨在后面为我洗尘。

（主祭者:)神君回旋飞翔，从天而降，我们越过空桑山追随身旁。

（大司命:)九州岛的芸芸众生，谁长寿，谁夭折，生死由我!

（主祭者：）您高高地飞上天宇啊，又安闲地自由翱翔，驾驭着清纯之气啊，又掌握上天的阴阳。我们虔诚地随您奔走，又导引神灵巡游在九州岛上。

（大司命：）我长长的云霞衣裳随风飘扬，悬饰的玉佩闪着炫目的珠光。我变化无穷，若晦若明，时阴时阳，我所做何事，谁也不知我的主张。

（主祭：）我们折取神麻的白玉之花，将要赠给刚刚离去的神驾。人已渐渐到了老境，若不逐渐与神亲近，就会更加疏远于他。神君乘着龙车，车声辚辚，高高驰骋冲向苍旻。我们手持束好的桂枝久久等待，越是思慕神君，越是忧心忡忡。如此愁苦，可又奈何！但愿康宁永如今天。人的命运既然有定数，悲欢离合怎能由人？

【释义】

大司命表现出的气派简直无与伦比：他要到人间，"广开天门"；他以龙为马，以云为车，命旋风在前开路，让暴雨澄清旷宇，俨然主宰一切的天帝。大司命对人间来说掌握着每个人的生死寿夭，权力可谓大矣。所以，即使在天宫中的班次居于末尾，当他要到人间来时，也可以摆出最大的排场，显出最大的威严。全诗用第一人称的手法表现出一个执掌人类生死大权的尊神的内心世界，从中可以看出中国古代漫长的专制制度社会的投影。作为一个抒情主人公形象，即使不是很可爱的，但却是具有典型意义的。事实上，他能够接受祭祀而到人间来，也还是体现了一种重民、亲民的思想；而作为一个执法者，也是应该有阳刚之气的。在自然的比附和联想后，能不看出现实中人民的期盼和向往？

【原文】

暾①将出兮东方，照吾槛兮扶桑②。抚余马兮安③驱，夜皎皎④兮既明。驾龙辀兮乘雷⑤，载云旗兮委蛇⑥。长太息兮将上⑦，心低徊兮顾怀⑧。羌声色兮娱人，观者憺⑨兮忘归。縆瑟兮交鼓⑩，箫钟兮瑶虡⑪。鸣篪⑫兮吹竽，思灵保兮贤姱⑬。翾飞兮翠曾⑭，展诗兮会舞⑮。应律兮合节⑯，灵之来兮蔽日。青云衣兮白霓裳，举长矢兮射天狼⑰。操余弧兮反沦降⑱，援北斗兮酌桂浆⑲。撰⑳余辔兮高驰翔，杳冥冥兮以东行㉑。

——《东君》

注解

①暾(tūn)：温暖而明明的阳光。　　②吾槛：神以扶桑为舍槛。槛(jiàn)：栏干。扶桑：传说中的神木，生于日出之处。　　③安：安详。　　④皎皎：指天色明亮。皎皎：同"皎皎"。　　⑤辀(zhōu)：本是车辕横木，泛指车。龙辀：以龙为车。雷：指以雷为车轮，所以说是乘雷。　　⑥委(wēi)蛇(yí)：逶迤，曲折斜行。⑦上：升起。　　⑧低徊：迟疑不进。顾怀：眷恋。　　⑨憺(dàn)：指心情泰然。　　⑩緪(gēng)：急促地弹奏。交：对击。交鼓：指彼此鼓声交相应和。　　⑪箾：击。箾钟：用力撞钟。瑶：震动的意思。簴(jù)：悬钟磬的架。瑶簴：指钟响而簴也起共鸣。　　⑫篪(chí)：古代的管乐器。　　⑬灵保：指祭祀时扮神巫。姱(kuā)：美好。　　⑭翾(xuán)：小飞。翾飞：轻轻地飞扬。翠：翠鸟。曾；飞起。　　⑮诗：指配合舞蹈的曲词。展诗：展开诗章来唱。会舞：指众巫合舞。　　⑯应律：指歌协音律。合节：指舞合节拍。　　⑰矢：箭。天狼：即天狼星，相传是主侵掠之兆的恶星，其分野正当秦国地面。因此旧说以为这里的天狼是比喻虎狼般的秦国，而希望神能为人类除害。　　⑱弧：木制的弓，这里指弧矢星，共有九星，形似弓箭，位于天狼星的东南。反：指返身西向。沦降：沉落。　　⑲援：引。桂浆：桂花酿的酒。⑳撰(zhuàn)：控捉。　　㉑杳(yǎo)：幽深；冥冥：黑暗。行(háng)：行列。

【今译】

温煦的阳光将要跃出东方，照耀我的栏杆和神木扶桑。我轻抚着马儿安详赶路，从夜色皎皎直到曙光初现。驾着龙车听着那雷声轰响，云旗招展载车上。长长叹息着我将飞升上天，内心眷念回顾彷徨。祭神的声色之美足以使我快乐，观看者心情泰然流连忘返。瑟弦调紧大鼓猛敲，敲起乐钟来木架都动摇。鸣奏起横篪又吹起那竖竽，更想起那巫者灵保的美貌。舞姿蹁跹轻盈飞举像翠鸟，陈诗而唱随着歌声齐舞蹈。歌声合着音律舞步应着节拍，众神灵也遮天蔽日迎接东君到。把青云当上衣白霓作下裳，举起长箭射那贪残的天狼。我挽起天弓阻止灾祸下降，端起北斗畅饮那桂花酒浆。轻轻拉着缰绳在高空翱翔，漆黑的夜空中赶回东方。

【释义】

《东君》一诗的祭祀对象是日神，充满着对光明之源太阳的崇拜与歌颂，虔诚、热烈。日神行天，天马行空，云彩绚丽，何等的显赫；人们弹起琴瑟，敲起钟鼓，吹起篪竽，翩翩起舞，何等的欢乐。东君的司职很明确，就是为人类带来光明。然而这里描写的东君与众不同，他并不是趁着暮色悄悄地回返，而是继续为人类的和平幸福而工作着。他要举起长箭去射那贪婪成性、欲霸他方的天狼星，操起天弓以防灾祸降到人间，然后以北斗为壶觞，斟满美酒，洒向大地，为人类赐福，然后驾着龙车继续行进。联系历史事实，可以看出诗人的寄寓和向往——同仇敌忾，保卫家乡。这就是对祖国的赤诚大爱。

【原文】

帝子^①降兮北渚，目眇眇兮愁予^②。嫋嫋^③兮秋风，洞庭^④波兮木叶下。登白蘋兮骋望^⑤，与佳期兮夕张^⑥。鸟何萃兮蘋^⑦中？罾^⑧何为兮木上？沅有茝兮澧^⑨有兰,思公子^⑩兮未敢言。荒忽^⑪兮远望，观流水兮潺湲^⑫。麋^⑬何食兮庭中？蛟何为兮水裔^⑭？朝驰余马兮江皋^⑮，夕济兮西澨^⑯。闻佳人兮召予，将腾驾兮偕逝^⑰。筑室兮水中，葺之兮荷盖^⑱。荪壁兮紫坛^⑲，播芳椒兮成^⑳堂。桂栋兮兰橑^㉑，辛夷楣兮药^㉒房。罔薜荔兮为帷^㉓，擗蕙櫋^㉔兮既张。白玉兮为镇^㉕，疏石兰^㉖兮为芳。芷^㉗葺兮荷屋，缭之兮杜衡^㉘。合百草兮实^㉙庭，建芳馨兮庑^㉚门。九嶷缤^㉛兮并迎，灵之来兮如云^㉜。捐余袂^㉝兮江中，遗余褋^㉞兮澧浦。搴汀洲兮杜若^㉟，将以遗^㊱兮远者。时不可兮骤^㊲得，聊逍遥兮容与。

——《湘夫人^㊳》

注 解

①帝子：天帝之子。因舜妃是帝尧之女，故称。　②眇眇：望而不见的样子。愁予：使我发愁。　③嫋(niǎo)嫋：绵长不绝的样子。　④洞庭：洞庭湖。　⑤白蘋(fán)：一种近水生的秋草。骋望：放眼远眺。　⑥佳期：与佳人的约会。张：陈设。⑦萃：集聚。蘋(pín)：水草名。　⑧罾(zēng)：渔网。　⑨沅、澧：沅水和澧水,均在湖南。茝(chǎi)：白芷，一种香草。⑩公子指湘夫人。　⑪荒忽：同"恍惚"，迷糊不清的样子。⑫潺湲：

水缓慢流动的样子。　⑬麋：一种似鹿而大的动物，俗称"四不象"。　⑭蛟：传说中的龙类动物。裔：边沿。　⑮皋：水边高地。　⑯济：渡。澨(shì)：水边。　⑰腾驾：驾着马车奔驰。偕逝：同往。　⑱葺(qì)：编结覆盖。盖：指屋顶。　⑲荪：香草名。紫：紫贝。坛：中庭，楚地方言。　⑳椒：花椒，多用以除虫去味。成：同"盛"。　㉑栋：屋梁。橑(liáo)：屋橼(chuán)，放在檩(lǐn)上架着屋顶的木条。　㉒辛夷：香木名。楣：门上横梁。药：即白芷。　㉓罔：同"网"，编结。薜荔：一种蔓生香草。帷：幕帐。　㉔擗(pǐ)：掰开。榜(mián)：檐间木。　㉕镇：镇压坐席之物。　㉖疏：分列。石兰：香草名。　㉗芷：白芷。荷屋：荷叶覆顶的房屋。　㉘缭：缠缭。杜衡：香草名。　㉙合：会集。实：充实。　㉚馨：远传的香气。庑(wǔ)：走廊。　㉛九嶷：湖南九嶷山，即传说中舜的葬地。缤：众多纷杂的样子。　㉜灵：神灵。如云：形容众多。　㉝袂(mèi)：夹袄。　㉞遗：丢下。褋(dié)：单衣。　㉟搴(qiān)：摘取。汀(tīng)洲：水中或水边平地。杜若：香草名。　㊱遗(wèi)：赠送。　㊲骤：骤然，立即。　㊳湘夫人：湘水之神，女性。一说即舜二妃娥皇和女英。

【今译】

美丽的公主降北渚，望眼欲穿我忧愁。凉爽的秋风阵阵吹，洞庭波涌树叶落。登上长着白蘋的高地远望，与她定好约会准备妥当。为何鸟儿聚集在水草间？为何渔网悬挂在大树巅？沅水有白芷，澧水有幽兰，眷念公主啊却不敢明言。放眼展望苍茫不见，清澈的流水潺潺向前。为何山林中的麋鹿觅食庭院？为何深渊里的蛟龙搁浅水滩？早晨我骑马在江边奔驰，傍晚我渡水到了西岸边。好像听到美人把我召唤，多想立刻驾车与她同欢。在水中建座别致的宫室，上面用荷叶覆盖遮掩。用香荪抹墙，用紫贝砌坛，厅堂上把香椒粉撒满。用玉桂作梁木，用兰草为屋椽，辛夷制成门楣，白芷点缀房间。编织好薜荔做个帷幔，再把蕙草张挂在屋檐。拿来白玉枕啊压在坐席，摆放的石兰香气四散。白芷覆盖荷叶房，杜衡草缠绕屋四墙。汇集百草摆满整个庭院，让香气弥漫门廊。九嶷山的众神一起迎候，神灵到来聚集一堂。把我的夹袄投入湘江之中，把我的单衣留在澧水之滨。在水中的绿洲采来杜若，要把它送给远方的俏佳人。欢乐的时光难以马上得到，暂且放慢步子松弛灵魂。

【释义】

全诗所描写的对象和运用的语言，具有鲜明的楚国地方特色。诸如沅水、湘水、澧水、洞庭湖、白芷、白蘋、薜荔、杜衡、辛夷、桂、蕙、荷、麋、鸟、白玉等自然界的山水、动物、植物和矿物，更有那楚地的民情风俗、神话传说、特有的浪漫色彩、宗教气氛等，无不具有楚地的鲜明特色。诗中所构想的房屋建筑、陈设布置，极富特色，都是立足于楚地的天然环境、社会风尚和文化心理结构这个土壤上的。语言上也有楚化的特点。楚辞中使用了大量的方言俗语，《湘夫人》也不例外，如"搴"(动词)、"袂"、"褋"(名词)等。最突出的是"兮"字的大量运用——全诗每句都有一个"兮"字。这个语气词相当于今天所说的"啊"字。它的作用就在于调整音节，加大语意、语气的转折、跳跃，增强语言的表现力。《湘夫人》以方言为主，兼有五七言。句式变化灵活。这些充分说明屈原对楚国文化的热爱。

【原文】

秋兰兮蘼芜①，罗生兮堂下。绿叶兮素华②，芳菲菲兮袭予③。夫④人兮自有美子，荪何以⑤兮愁苦？秋兰兮青青⑥，绿叶兮紫茎。满堂兮美人，忽独与余兮目成⑦。入不言兮出不辞，乘回风兮载云旗。悲莫悲兮生别离，乐莫乐兮新相知。荷衣兮蕙带，倏而来兮忽而逝⑧。夕宿兮帝郊，君谁须⑨兮云之际？与女⑩沐兮咸池，晞女发兮阳之阿⑪。望美人⑫兮未来，临风怳兮浩歌⑬。孔盖兮翠旌⑭。登九天兮抚⑮彗星。竦长剑兮拥幼艾⑯，荪独宜兮为民正⑰。

———《少司命》

注解

①兰：古时候兰草，叶茎皆香。秋天开淡紫色小花，香气更浓，古人认为有生儿育女的祥瑞。蘪芜：叶似芹，丛生，七、八月开白花，根茎可入药，治妇人无子。　②华：枝。　③袭：指香气扑人。予：我，男巫以大司命口吻自称。　④夫：发语词，兼有远指作用。　⑤荪：石菖蒲，一种香草，古人用以指君王等尊贵者，诗中指少司命。何以：因何。　⑥青(jīng)青：同"菁菁"，茂盛的样子。　⑦美人：指祈神求子的妇女。忽：很快地。余：我，少司命自称。目成：用目光传情，达成默契。　⑧倏(shū)：迅疾的样子。逝：离去。　⑨君：少司命指称大司命。须：等待。　⑩女(rǔ)：汝。咸池：神话中天池，太阳在此沐浴。　⑪晞：晒。发：头发。　⑫美人：此处为大司命称少司命。　⑬悦(huǎng)：神思恍惚、惆怅失意的样子。浩歌：高歌。　⑭孔盖：孔雀毛作的车盖。翠旌：翠鸟羽毛装饰的旌旗。　⑮九天：古代传说天有九重。此处指天之高处。抚：持。　⑯竦(sǒng)：肃立，笔直地拿着。拥：抱着。幼艾：儿童。　⑰正：主宰。

【今译】

　　秋兰花，蘪芜芽，缠丝牵藤满堂下。嫩绿叶子夹着洁白小花，喷喷的香气飘到我家。人们自有他们的好儿好女，神灵你为什么愁苦牵挂？秋兰叶，青又青，绿叶扶苏映紫茎。满堂上都是迎神的美人，忽然间都对我凝眸传情。来无语，出不辞，驾起旋风树起云霞回天庭。悲伤莫过于活生生的别离，快乐莫过于新结了知已。荷花衣，蕙草带，来去倏忽似风飘。日暮时住宿在天帝之郊，你等待谁久久停留在云霄？愿与你同到日浴之地咸池把头洗，想看你到日出之处旸谷把发晒。远望美人啊，怎么仍然没来？我迎风的歌声恍惚幽怨飘天外。孔雀翎翠羽旌制作车盖，你升上九天降服彗星为人类除灾害。一手直握长剑，一手横抱儿童，只有你护百姓赢得万民拥戴！

【释义】

这是一篇生命的颂歌。诗歌一开始就赞叹兰草，暗示了生子的喜兆。"满堂兮美人，忽独与余兮目成"，是说来参加迎神祭祀的妇女很多，都希望有好儿好女，对她投出乞盼的目光，她也回以会意的一瞥。她愿意满足所有人的良好愿望。她看了祭堂上人的虔诚和礼敬，心领神受，"入不言"而"出不辞"，满意而去。她乘着旋风，上面插着云彩的旗帜。对于她又认识了很多相知，感到十分快活；而对于同这些人又将分离，感到悲伤。接着，诗歌描述了少司命升上天空后的情况，描绘出一个保护儿童的光辉形象：她一手笔直地持着长剑，一手抱着儿童。她不仅是送子之神，也是保护儿童之神。"蓀独宜兮为民正！"事实上唱出了广大人民对少司命的崇敬与爱戴。伟大的少司命，她是如此热爱新生的婴孩，保卫他们也就是保卫了人类的未来和人类的希望。她懂得爱又懂得恨，温厚善良而又勇敢刚强，怎能不赢得人民群众的赞颂！

第三节　可贵的创新意识

【原文】

悲哉！秋之为气也。萧瑟兮，草木摇落①而变衰。憭慄②兮，若在远行；登山临水兮，送将归。泬寥③兮，天高而气清；寂寥④兮，收潦⑤而水清。憯凄增欷⑥兮，薄寒之中⑦人。怆怳懭悢⑧兮，去故而就新。坎廪⑨兮，贫士失职而志不平。廓落⑩兮，羁旅而无友生⑪。惆怅兮，而私自怜。燕翩翩其辞归兮，蝉寂漠而无声。雁廱廱⑫而南游兮，鹍鸡啁哳⑬而悲鸣。独申旦而不寐兮，哀蟋蟀之宵征。时亹亹⑭而过中兮，蹇淹留⑮而无成。……愿赐不肖之躯而别离兮，放游志乎云中。乘精气之抟抟⑯兮，骛诸神之湛湛⑰。骖白霓之习习⑱兮，历群灵之丰丰⑲。左朱雀之茇茇⑳兮，右苍龙之躣躣㉑。属雷师之阗阗㉒兮，同飞廉之衙衙㉓。前轻辌㉔之锵锵兮，后辎乘之从从㉕。载云旗之委蛇㉖兮，扈屯骑之容容㉗。计专专之不可化兮，愿遂推而为臧㉘。赖皇天之厚德兮，还及君之无恙。

　　　　　　　　　　　　　　——《九辩》节选

注解

①摇落：动摇脱落。　②憀(liáo)慄(lì)：凄凉。　③泬(xuè)寥：空旷寥廓。　④寂漻(liáo)：漻，水清的样子。　⑤潦(lǎo)：积水。收潦：久雨放晴。　⑥憯(cǎn)凄：同"惨凄"，悲痛的样子。㛊：叹息。　⑦中：衷。坱(huǎng)：失意的样子。⑧坱(kuǎng)悢(liàng)：失意的样子。　⑨坎廪(lǐn)：坎坷不平。⑩廓落：空虚寂寞的样子。　⑪羁旅：滞留外乡。友生：友人。⑫廱(yōng)廱：雁鸣声。　⑬鹍(kūn)鸡：一种鸟，黄白色，似鹤。嘲(zhāo)哳(zhā)：鸟鸣声繁细。　⑭曀(wěi)曀：行进不停的样子。　⑮蹇(jiǎn)：发语词。淹留：滞留。　⑯抟(tuán)抟：团团。　⑰骛(wù)：奔驰。湛湛：众多。　⑱习习：快速飞行的样子。　⑲丰丰：指众天神。　⑳迣(pèi)迣：轻快飞翔的样子。　㉑瞿(qú)瞿：行进的样子。　㉒阗(tián)阗：鼓声。　㉓衔衔：向前行进的样子。　㉔辌(liáng)：一种轻型马车。　㉕辎：载重的重型马车。从从：跟随的样子。㉖委蛇：同"逶迤"，蜿蜒曲折。　㉗扈(hù)：扈从，侍从。屯骑：聚集的车骑。容容：众多的样子。　㉘臧：善，美。

【今译】

　　悲伤啊，秋天的气候让人惆怅。萧瑟啊，草木在风中凋零飞扬。凄凉啊，好像就要远行，登山临水，送别将归的朋友。空旷啊，秋天气爽而清冷。寂寥啊，大地死寂水流清清。心情悲痛，叹息不停啊，秋风袭来，寒气伤人。忧愁悲愤啊，我离开故乡而去异地谋生。困顿挫折啊，贫士失官而心中愤愤难平。孤独寂寞啊，远在他乡而没有知音。失意伤感啊，暗自心酸独自怜。燕子因秋凉而翩翩飞回南方，寒蝉寂寞而不再悲鸣。大雁排成雁阵向南飞，叫声呜咽，鹍鸡也啾啾应和，同作悲鸣。独自到天亮而难以入眠，那蟋蟀也整夜的悲催。时光荏苒我已度过了半生，滞留在他乡而一事无成。……希望君王开恩让不才的我远征吧，放心畅游啊出没在云中。乘驾着聚成一团的阴阳二气，飞旋在天空，追逐着众神观赏浩浩长风。白霓做驾马啊飘飘飞动，诸神同游排场隆重。左边有南方之神在翩翩飞翔，右边有北方之神在飘忽游荡。让雷神驾车轰轰隆隆，让风神走在前面助我神风。前面的轻车铃声脆响，后面的辎重车紧紧跟上。车上插着的云旗在迎风飘动，跟着我的车队啊是如浪汹涌。我忠贞的心志绝不任意改变啊，希望能推广开去为国效力。仰仗着上天的大德与重望啊，保佑我君王啊幸福安康。

【释义】

这段文字，充分表现了宋玉在文化上的创新意识。

语言上，它一方面继承了南方文学文彩绚烂、辞藻秀美的特色，又吸收了北方文学敦厚质朴的传统，显得情真意笃而又辞彩动人。它写景秀丽清新，喜欢用众多的同义词、近义词，反映了语言的丰富细腻。它继承了民间歌诗音节铿锵动听的特色，很注意双声、叠韵和脚韵。如选文头一段(以省略号为界)，一气连押了十几句才换韵，读来音韵谐美，琅琅上口。末段，更是奇特，竟一连用了"抟抟"、"湛湛"、"习习"、"丰丰"等十一个叠字，其音响之复沓、节奏之强烈，十分突出又那么自然，渲染了热烈、轻快、欢愉的气氛，有力地表现了作者对理想世界的神往。这样的句式、节奏，是独创性的。作者自觉运用韵律，增强语言的艺术表现力，为后代辞赋韵文的发展，提供了经验。汉赋正是继承和发展了它，使声韵及铺排成为赋的一大特色。

内容上，选文头一段，作者一连用了十多个排比句，以极其铺张的形式，交错写出了悲秋的情与景，而且二者交相融合，互为映衬。情因景而发，景因情而写；情因景而生色，景因情而增衰。同时，作者又采用典型化手法，捕捉了人生中最动人的感受和生活镜头，把萧瑟冷落的秋景、远行游子的哀愁、登高怀远者的惆怅、失意贫士的孤寂加以叠加，组合成一幅意境深远的画面，强烈地唤起读者的想象，激起他们的共鸣，显得色淡而情浓，笔简而意深，令人回味无穷。对后世影响深远。

文化的创新意识是一种更高层次的忠诚。

智慧选读

【原文】

乱^①曰：献^②岁发春兮，汩^③吾南征。菉蘋^④齐叶兮，白芷^⑤生。路贯庐江^⑥兮，左长薄^⑦。倚沼畦瀛^⑧兮，遥望博^⑨。青骊结驷^⑩兮，齐千乘。悬火^⑪延起兮，玄颜烝^⑫。步及骤处^⑬兮，诱^⑭骋先。抑鹜若^⑮同兮，引车右还。与王趋梦^⑯兮，课^⑰后先。君王亲发兮，惮青兕^⑱。朱明^⑲承夜兮，时不可淹^⑳。皋^㉑兰被径兮，斯路渐^㉒。湛湛^㉓江水兮，上有枫。目极千里兮，伤春心。魂兮归来！哀江南！

——《招魂》节选

注解

①乱：乱辞，尾声。　②献：进。　③汩(gǔ)：形容匆匆而行。　④菉(lù)：同"绿"。蘋(pín)：一种水草。　⑤白芷：一种香草。　⑥贯：同。庐江：襄阳、宜城界之潴水。春秋时，地为庐戎之国，因有此称。　⑦长薄：杂草丛生的林子。　⑧倚：沿。畦(qí)：水田。瀛(yíng)：大水。　⑨博：旷野之地。　⑩青骊(lí)：青黑色的马。驷：驾一乘车的四匹马。　⑪悬火：焚林驱兽的火把。　⑫玄颜：黑里透红，指天色。烝：上升。　⑬步：步行的随从。骤处：乘车的随从停下。骤，驰；处，止。　⑭诱：导，打猎时的向导。　⑮抑：勒马不前。鹜(wù)：奔驰。若：顺，指进退自如。　⑯梦：指云梦泽，这一带是楚国的大猎场，地跨大江南北。　⑰课：比试。　⑱惮青兕(sì)：怕射中青兕。兕，犀牛一类的野兽。楚人传说猎得青兕者，三月必死。　⑲朱明：太阳。　⑳淹：留。　㉑皋：水边高地。　㉒渐(jiān)：遮没。　㉓湛(zhàn)湛：水深的样子。

【今译】

尾声：新年开始，春天到来，我匆匆忙忙向南行。绿蘋长齐了片片新叶，白芷萌生又吐芳馨。道路贯通，穿越庐江，左边的岸上是连绵的丛林。沿着泽沼水田往前进，远远眺望旷野无垠。四匹青骊驾起一辆车，千辆猎车并驾前行。点起火把，熊熊燃烧，夜空黑里透红，火光腾空。步行的赶到，乘车的停留，狩猎的向导又当先驰骋。勒马、纵马，进退自如，又向右掉转车身。与君王一起驰向云梦泽，赛一赛谁先谁后显本领。君王亲手发箭射猎物却怕射中青兕有祸生。黑夜之后，红日放光明，时光迅速流逝不肯停。水边高地兰草长满路，这条道已遮没不可寻。清澈的江水潺潺流，岸上有成片的枫树林。纵目望尽千里之地，春色多么引人伤心。魂啊，回来吧，江南堪哀，难以忘情！

【释义】

"乱曰"主要写打猎，是作者自身的活动。这里屈原以第一人称出现，叙其在南征途中，回忆参加楚王狩猎的情况。这里并未多写狩猎过程，只写了开始时的壮丽场景，"青骊结驷兮，齐千乘。悬火延起兮，玄颜烝"。实际狩猎只有"君王亲发兮，惮青兕"这一句。"君王亲发兮惮青兕"其实表现了屈原曾经对楚王的安危十分关心，也就是"系心怀王，不忘欲反"的意思。然而怀王终于"客死于秦"不得归楚了。结尾几句，堪称《楚辞》中最著名的情景交融片段之一。如果说宋玉《九辩》的"悲哉秋之为气也，萧瑟兮草木摇落而变衰，憭慄兮若在远行，登山临水送将归"数语是中国古典文学悲秋传统的滥觞，那么不妨说《招魂》末尾的这几句是中国古典文学伤春传统的滥觞。就对《诗经》传统的继承来说，这也是一次里程碑式的创新。

图书在版编目(CIP)数据

忠者之言:《楚辞》选读/谭荣生编选.—上海:复旦大学出版社,2012.8
(中华根文化·中学生读本/黄荣华主编)
ISBN 978-7-309-09028-4

Ⅰ.忠… Ⅱ.谭… Ⅲ.①楚辞-青年读物②楚辞-少年读物 Ⅳ.I222.3

中国版本图书馆 CIP 数据核字(2012)第 136286 号

忠者之言:《楚辞》选读
谭荣生 编选
责任编辑/宋文涛

复旦大学出版社有限公司出版发行
上海市国权路 579 号 邮编:200433
网址:fupnet@fudanpress.com http://www.fudanpress.com
门市零售:86-21-65642857 团体订购:86-21-65118853
外埠邮购:86-21-65109143
常熟市华顺印刷有限公司

开本 890×1240 1/32 印张 6.875 字数 133 千
2012 年 8 月第 1 版第 1 次印刷

ISBN 978-7-309-09028-4/I·691
定价:18.00 元